王以培 著

大钟亭

漓江出版社
桂林

图书在版编目(CIP)数据

大钟亭 / 王以培 著. —桂林:漓江出版社, 2018.1
ISBN 978-7-5407-8335-8

Ⅰ. ①大… Ⅱ. ①王… Ⅲ. ①长篇小说－中国－当代 Ⅳ. ①I247.5

中国版本图书馆 CIP 数据核字(2017)第 260001 号

出版统筹:吴晓妮
责任编辑:叶　子
内文排版:王璐怡
封面设计:何　萌
责任营销:景迷霞

出版人:刘迪才
漓江出版社有限公司出版发行
广西桂林市南环路 22 号　邮政编码:541002
网址:http://www.lijiangbook.com
全国新华书店经销
销售热线:0773-2583322

山东德州新华印务有限责任公司印刷
(山东省德州市经济开发区晶华大道 2306 号　邮政编码:253000)
开本:880mm×1 230mm　1/32
印张:6.5　字数:100 千字
2018 年 1 月第 1 版　2018 年 1 月第 1 次印刷
定价:36.00 元

引　言

《大钟亭》是一位病人家属送我的礼物，说是“为了感谢救命之恩”。真可笑，我只是一名护士，工作中碰巧照顾他的父母。现在他的父母已经出院，他也离开南京，不知去向，却将这本日记留给了我。

翻开这本日记，我不禁脸红，他竟然将我们之间短暂的经历全都记录下来，好在其中的人物，似我非我。至于那一点儿“隐私”，我想，在这“隐私”泛滥的时代，实在算不了什么。因此，喜欢窥视“隐私”的读者，可以就此合上这本书。

而我之所以冒天下之大不韪，将这本日记公之于众，是因为其中隐含着一座消失的古城，一群逝去的人影。按他的话说：“这里确曾存在着另一座城，生活着另一群人，忘掉他们，是我们最大的不幸……”

细读这些潦草的文字，我终于发现它们不仅属于我。既然上天安排他写下这一切，并留给了我，我不如将它和盘托出——或许有一天等我们老了，能从中找回一些童年的乐趣，发现年轻时的一些感情冲动，原本那么美好，那么光荣。

为了让它更像一本书，我删除了其中的日期，并加上书名。而无论如何，请作者宽恕。

护士一枚

于猴年马月

一

身体下面的床在迅速移动，像漂在水上，或穿云破雾；床很硬，还在不停地抖动，又如出生时的摇篮；我躺在上面，感觉这些年来自己一直在这张床上漂浮——天花板贴在头顶，伸手可触。这是一座冷风飕飕的“小阁楼”，房顶上的通气口不住地冒出冷气，吹得头痛，我用枕巾裹着头，恍惚入梦……不用说，这又是在南下的列车上，从北京到南京的旅途，我已经来回走了十几年，窗外的一草一木，一枯一荣，我都很熟悉，所以今天可以安然入睡，不必去关心窗外或身边发生的事情，一切都是老相识了，连同躺在这“小阁楼”上的梦。在这迅速移动的上铺，我又梦见了“大钟亭”，这三个字化成了一幅图景，不是么？“亭”字本身就是一座亭子，亭亭玉立在我梦中，而亭子里依旧挂着明代洪武年间的那口铜钟，像一只紫金色的大铃铛，悬在我的记忆深处。多少年来它一直沉默，却始终回荡着低沉而模糊不清的回音，这一次它又出现，旁边多了一棵古老的银杏树。我这才发觉这些年来，无论我住在哪里，门前总有那么一棵或几棵银杏树。银杏叶纷飞飘落的时候，对我来说，生命就有了意义，不必再去别处找寻，如同大钟亭内的大钟回响时，内心再也不需要别的教堂的钟声。是啊，我出生在南京鼓楼大钟亭旁边的大钟新村，在若隐若现的钟声中成长，在银杏树下做梦，这一切在日后的岁月中屡屡重现。而今是大寒过后的第二天，它再次入梦，比以往任何一次都更为清新明晰……

身体下面的床还在晃动，仿佛躺在儿时的摇篮中，可一睁眼已经 36 岁了。整整 36 年，第三个本命年，我从北京回南京，这一次不是度假，是因为父母双双住院。前些日子往家里打电话，早晚都没有人接，从姐姐那里才了解到实情。两个姐姐都远在异乡，当然我得先赶回去。

许多夜晚我都不知道自己睡着了没有，也想不清楚究竟躺在何处，尤其是在火车上，身体下面的床像岁月一样迅速移动……

仿佛一生在列车上度过，而岁月停留在经过的一座座城市，一座城市一场梦。日子鱼群般往来穿梭，水面“蒹葭苍苍，白露为霜”，而所谓伊人，一会儿是云，一会儿是雨，一会儿是微风细雨中的村落……以往她一直隐居在云层之中？

窗外，一辆吉普车在黑漆漆的道路上疾驰，与列车并行，车灯打亮一排黑色的杨树林，树木的下半截齐刷刷地涂着一层白石灰。四周是空旷无垠的华北平原，隐隐绰绰的小山丘像一座座深藏心底的坟墓，这些年来，上面的杂草日渐茂盛……再远一些的地方有几幢矮平房，不知为何深夜还亮着灯……又经过一座城市，铁路立交桥下，暗红的路灯映照着一条蜿蜒的公路，空无一人。城市静悄悄的，贴近铁路的工棚已残破不堪，屋顶上压着一些零乱的砖石……车窗外的情景一会儿一变，而星空一如从前，只是不断地幻化出新的感受……

再一睁眼，窗外已是茫茫江水，粗大的钢梁从窗前闪过，经过长江大桥，旅客们都纷纷站起来取行李，我还坐在窗口。这时，晨光已照亮沉沉江水，江上白帆，江边的田野，参差不齐的城楼……南京到了。

二

盐水瓶悬在头顶，药液一滴一滴，透过苍白的手背上暗蓝的静脉，缓缓注入妈妈的身体。妈妈躺在病床上，好容易睡着了，可睡得很不踏实。现在是晚上9点45分，病房里已经熄灯，借着走廊上暗黄的路灯，可以看见妈妈散乱的白发，紧锁的眉头和半闭的眼睛，她的左边眼角噙着一滴泪，泪水越来越沉，眼看就要滑落……我体味着其中的苦涩：人到七十多岁的年龄或许常常会有无名的悲哀袭上心头，何况又得了严重的心脏病，心律不齐，常常心动过速；往常总是母亲照顾孩子，如今是孩子坐在母亲的病榻前，七天七夜一晃而过。妈妈痛苦的眼睛里似乎还含着一丝歉意（让我更加不安）……爸爸就住在隔壁，因为护士长的照顾，他看上去比妈妈平静一些，但病得更重，是大面积心肌梗塞，送进医院时，医生说只有百分之二十的希望，经过一周的抢救，病情基本得到控制，我刚刚可以松一口气。刚才我从隔壁过来的时候，爸爸还在吸氧，蓝色的钢瓶立在床头，出气口上的小玻璃瓶“咕嘟咕嘟”地冒着气泡，爸爸呼吸均匀，血压稳定在60~90（还是偏低）。我现在坐在妈妈的床头，这是在南京鼓楼医院第九病区。从里面往外看，夜空呈暗红色，寒风中飘浮着散乱的霓虹灯和隐约的歌声，病房里静悄悄的，病人的呼吸声此起彼伏。这里每间病房住着三个病人，每个病人的床头柜上都搁着鲜花，有玫瑰、康乃馨、郁金香和满天星，床底下放着几只果篮，暗香浮动。从外面看，这幢新建的高楼像一艘夜航的船。

七天晨昏颠倒，已经习惯。七天来整个世界都在病房里，外面的一切对我来说都不存在。好容易闯过了险关，抬头看看，窗外的冬夜变得格外亲切——南京的冬天即使寒冷，也有丝丝暖意藏在灯火、细雨和人群之间，而月亮像一只灰白的蝴蝶停在窗口，风一吹，又不见了。我突然想去夜里走走，呼吸一下久违了的轻松自在的空气。

穿过走廊来到前台，护士小姐正坐在桌前照镜子（她手里拿着一面圆圆的小镜子），被我发现，她脸一红，弄得我都不好意思。迎面的墙上写着一个大大的“静”字，这个护士就叫这个名字——“辛静”，无论白天黑夜，只要她一进病房，病人的心就都静下来。她看病人的眼神有点冷，但却能唤起人们求生的欲望。这是我观察七天之后得出的结论。在观察她的同时，我对她心存感激，但从未和她说过一句话。起初我觉得这个人有些傲慢，在心理上有意与病人保持距离，但后来发现，这种距离不远不近，若即若离——就在你感觉她对你有些疏远的时候，她会突然与你接近，做出一些让你感动的事情。今晚也是如此，她照镜子的时候旁若无人，一副孤芳自赏，对谁都不屑一顾的神气；为了不让她太得意，我匆匆而过，只和她打了个招呼，可没想到她竟回转身来，冲我嫣然一笑，我顿时心花怒放，感觉这些天来的辛苦，顷刻间得到了意外的回报。

匆匆下楼，紧绷了七天的心情一下子放松，心里一阵狂喜，我一路小跑冲出医院的大门。迎面吹来一阵潮湿的风，虽然是严冬，可跟北京的寒风比起来，这简直就是春风，吹拂着温暖的丝雨，散发出树叶与芳草的清新，混合着一股我特别熟悉的江南气息。这究竟是一种什么味道，我恐怕一辈子也说不清。

三

当灰白的月亮隐藏到云层之后，我和禹宁一起出现在微雀酒吧。禹宁是我多年的好朋友，每次回南京都是他来接我。前些年回来，总有七八个朋友相聚，几乎南京所有的酒吧和舞厅都留下了我们的“光辉足迹”：“北极”（舞厅）的风花雪月，“龙门”（舞厅）的不朽艳遇，“洋洋”（酒吧）的万盏千杯……直到有一天，偶尔在鼓楼公园一块乌龟驮起的大石碑上，看见康熙皇帝亲笔题刻的“江南风俗浮华，人心浇漓……”[①]时才发现，原来我们与先辈一脉相承。“一方水土养一方人”，这自古以来的风俗，谁能改变呢?

好了，言归正传。近年来，舞厅和酒吧越来越多，茶馆也风起云涌，家家生意兴隆，但朋友们也越来越忙（有些甚至为了钱反目成仇），剩下的闲人只有侯禹宁一个，他从税务局辞职下海，虽然也做成过几笔小生意，但出手太大方，天天请客、泡吧，加上小伙子长得精神，心又软，是个风流情种，所以很

① 康熙皇帝于康熙二十三年刻写的碑文。

快入不敷出，久而久之，便债台高筑。但每次回来，我最想见他，因为他每次都有新故事。当其他的朋友随着年龄的增长都已步入正轨，开始按部就班地生活，他还在感情的旋涡里挣扎，看似痛苦，又好像自得其乐。今天我们又来到微雀酒吧，这是从前许多朋友聚会的老地方，当年觥筹交错的情景历历在目。

“微雀”像一只小麻雀，栖息在金银街上的一幢老房子的二楼，楼顶的瓦片像粗糙的黑鱼鳞，瓦缝间生出一些杂草、枯枝；麻雀虽小，五脏俱全，整个南京的风花雪月都在里面。虽然这幢房子即将拆迁，人坐在里面都能感觉到小楼摇摇欲坠，但谁都不在乎，按禹宁的话说：“要的就是这种感觉。”

沿着狭窄陡峭的木楼梯走上去，楼板“咚咚”直响。一进门，满眼亮堂堂的，如花似玉的南京姑娘如雨后春笋，从各个角落站起来和我打招呼，一时间我幸福得不知所措，可回头一看，她们都是冲着禹宁去的。禹宁像首长一样，向她们挥手致意，她们随后纷纷坐下来。

“怎么今天一个人来的呀？”禹宁问其中的一个姑娘，她正独自坐在角落里吐着烟圈。

“我么，孤家寡人唉。”她说着，长长叹了口气。

“你是孤家寡人，我就是孤魂野鬼了。”禹宁说。

女孩一笑：“算了吧，我昨天还看见你……”

“在哪里呀？”

“真要我讲出来呀？”

“算了算了，”禹宁说，“大家彼此彼此，你真一个人来的呀？”

女孩点点头。

“过来坐。”禹宁招招手，女孩端起桌上的一瓶柯罗娜，叼着烟，缓缓走过来，坐在我们旁边。

“给你介绍一下，这是我北京的朋友，大学老师雷蒙（我不知道禹宁为什么不说我的真名），这就是孤家寡人燕子。怎么样，小燕子，老公又回台湾去了？”

“前两天刚走。”

“恭喜你，自由了！”他们于是为自由干杯，聊得起劲。

我插不上话，只能听听看看。邻桌的两男两女油头粉面，看上去不到20岁，他们正互相指着对方的鼻子，做一种绕口令游戏：“你淫荡啊，我淫荡啊……”然后哈哈大笑。我一时还不太适应。每次从北京回南京都是如此，好像一个革命者，瞬间堕入温柔乡，一半欣喜，一半自责。

这时燕子包里的手机响了，她走出去接电话。禹宁低声对我说：“燕子的男朋友前一阵被关进戒毒所，后来她就被一个台湾人养起来了，现在燕子想脱身，问我怎么办，你说怎么办？”

正说着，燕子回来了，一脸失落。“老公来电话，明天又要过来。哎哟，烦死了！”

“想你了。”禹宁说。

燕子脸一沉：“你不要太得意，你老婆马上又要查岗了！”

“同是天涯沦落人。”禹宁苦笑道，“所以啊……”

“所以什么？”

“所以要抓紧时间。”禹宁说。

燕子一扭头，吸了口烟，动了动嘴唇，似笑非笑。禹宁开始和她谈心，谈着谈着，只见燕子泪汪汪的，随后，他们手指缠绕在一起。烛光跳动，棕色吧台上，酒瓶林立……禹宁和燕子还在窃窃私语。

时候不早了，我起身告辞，说医院还有事情。禹宁结了账，送我下楼，出门时才发现，燕子跟在后面。

“我们送送你。”燕子说。于是我们并肩往前走，燕子走在中间，挽着我们的手臂。晚风湿漉漉的，沾衣欲湿，吹面不寒。燕子走着走着，像是飞了起来。

金银街两边的小树上，挂着一串串彩灯。

四

提心吊胆地走进病房，爸爸、妈妈都还安安静静地睡着，心里一块石头落了地；想起前几天的一次可怕经历还心有余悸：夜里太困，我打了个盹，醒来一看，床上一大摊血，血漫出被子，滴到地上。原来爸爸翻了个身，插在大腿静脉上的导管脱落，血从针头倒流出来……假如我再晚些醒来，后果不堪设想。好在今晚平安无事。我飘飘然在病房的过道上走来走去，深感医院与酒吧是两个多么不同的世界：病来如山倒，病去如抽丝，对于病床上年迈的心脏病患者来说，那些在酒吧里挥霍青春的少男少女是多么的奢侈！而我穿行于这两个世界之间，这两个世界对我来说缺一不可。自从父母躺在医院里，医院就成了我的家。进出医院，人会变得更敏感，对周围的风吹草动和世事变迁体会更深；不仅意识到平凡生活的来之不易，还会产生一些别的念头：去创造生命的契机，让美好的一切长存……我正在昏暗的走廊上浮想联翩，突然一道手电光照过来，两个查房的护士迎面走来。

“有陪护证吗？”一个年纪稍大一些的护士问，我隐约看见她的白帽子上有两道绿杠。

“他有。”另一个护士说。——是辛静，她的帽子雪白，如雪莲花瓣。

然后，她们拿着手电，走进病房，我轻轻跟在后面。手电光照在爸爸脸上，爸爸睁开眼睛，微笑着冲她们摆了摆手。

“别动！”辛静说，然后，她走过去握住爸爸的手腕，静静地给他诊脉。爸爸又闭上眼睛，睡得很安详。

她们继续查房，我站在走廊里察看，今晚病房里还算比较平静，不像前些日子，夜深人静的时候忽然会传来一阵急促的脚步声——平日温文尔雅的护士在关键时刻表现得异常神勇，她们在听见病人的呼救信号，或发现危重病人病情发作时，会立刻冲上去，在短时间内推来各种急救仪器，或给病人做人工呼吸。但就在前天夜里，一个七十多岁的老太太抢救无效，被手推车推了出去，病房里传出凄惨的哭声。而那手推车车轮的转动声，听起来比哭声和急促的脚步声更加沉重，令人窒息，但这时候，护士和医生们都显得异常从容、镇定。

负责查房的护士长（帽子上有两道绿杠的）走了，辛静正在埋头做笔录：“37床，23:15，心跳120次/分，血压80~160，心慌，呼吸急促……”我斗胆走到她跟前看了一会儿。她抬起头。

“我想租一张躺椅。”我随口一说。

“跟我来。”她把手中的圆珠笔插进白大褂的上衣口袋，合上工作日记，站起来，领我走进走廊尽头的一间小仓库，仓库里横七竖八地放着支架、帆布躺椅和一些医疗器械，上面落满灰尘。我一时无从下手。我看看她，她看看我，两人傻乎乎地在仓库里站了一会儿。我说：“算了吧，我现在一点儿也不困。”

她说：“我也不困。”

“你夜班上到几点？”

“早晨6点。”

“那我们说说话，这样时间就过得快一点。”

她点点头。

“会影响你工作吗？”

“不会。办公桌前面有指示灯，病人有事会叫我们的。”

“那好。”

说到这里，我们还一直站在小仓库里，好像这里有什么东西吸引着我们，虽然这里凌乱不堪，到处是灰尘。

我突然伸出手，说：“说话之前先握握手！”

她说：“你喝酒了吧？”但与此同时，我握住了她伸出的手。她的手像南京四月的雪，一会儿就化在我手上。而后她一笑，转身走出小仓库，似乎什么也没有发生。我跟在后面，盯着她移动的白大褂和白皮鞋——她走路很轻，一点声音也没有。走到前台办公桌前，我们面对面坐下，头顶亮着两盏日光灯，和走廊上的暗黄的白炽灯光交织在一起。侧面有一扇玻璃门，里面一间整洁的小屋摆满药品。辛静又翻开她的工作日记，我看了一眼："29床，2月7日，5：30，体温：36.8，心跳86次/分，血压90~150……无异常……"

"你天天在写什么？"她问。

"算是日记吧，"我说，"想到哪儿就写到哪儿。"

"有这么多东西好写？"

"当然了，比如抄一点你的工作日记，再记录一下父母的病情，还有你怎么给病人打针、换药，病人看你的眼神……"

"这有什么意思？"

"没有比这更有意思的了。你想，我的父母都躺在这里，这里发生的一切对我有多重要，而且我离家十几年，难得回来，南京的一草一木我都觉得亲切，就连你也一样，我总觉得从前在哪儿见过你……"

"怎么会呢？"

"因为你是个地道的南京女孩。"

"南京女孩什么样？"

"我先跟你说北京女孩：她们质朴、爽朗，但稍微有点粗糙，像麻布或者亚麻布，不像南方的丝绸……"

"不至于吧。"

"是的，你不了解，你看看北方的树和大白菜就知道了。人也一样，春天被风沙吹一遍，夏天烈日晒一遍，秋天寒霜打一遍，冬天再被暖气烤一遍，因为缺水，皮肤就比较粗糙，性格也是。"

“可南京的气候也不好。”

“但总是比较湿润的，这一点最重要。”

“真有那么大的差别吗？”

“的确，长年在北方生活，体会就更深了。在北京的时候，人总想革命，一回南京，骨头都软了。”

“这样也不好。”辛静笑着说。

“我没说错，你是地道的南京人吧？”

她点点头：“从小就没离开过家。”

“你住在哪儿？

“大钟亭。”

“是大钟新村吧？”

“对呀，你怎么知道？”

“我就生在那里，长到17岁。”

“那我们又该握握手了。”她说。这一次我们谁也没有把手伸出来，但握得更紧了。

“你知道，每次回南京，我都有一种如梦初醒的感觉，有时候觉得在外面的这些年像梦一样虚幻，一次次回家来才是真的；但最近这两年反而觉得南京变得越来越不真实，熟悉、亲切的情景变得恍恍惚惚，比如说看见你，我就觉得在哪儿见过，我们从前大钟新村跟我同龄的还有两个男生，十一个女生，我一见你，就把她们都想起来了。这些人现在大多失去联系，以后就算有机会聚会也都成了陌生人。所以我得感谢你，你让我想起很多小时候的事情，想起从前的南京，那完全是另一座城市，生活着另一群人。如果你有兴趣，我就跟你讲讲从前的事情，带你去认识我童年时的朋友，不过这至少需要一个冬天的时间……”

“还有夏天呢。你不是要常回来的吗？”

“好吧，从现在开始，我每天晚上跟你讲一段故事，条件只有一个：你必须记住。”

辛静认真地点点头，说：“好吧，那我以后每天都上夜班。”

在谈起往事之前，我们不约而同地站起来，走回病房，看了看病人和我的父母。我在妈妈的病床前站了好久，辛静就站在我身后。妈妈脸色苍白，呼吸轻柔，我忽然感到眼前一片模糊，仿佛是我躺在床上，而妈妈站在黑暗中注视着我……

五

你还记得你出生后的第一印象吗？我的印象是身边有许多雾，雾中有六幢黄墙蓝瓦的两层楼，前三栋，后三栋。后三栋枕着一座山，前三栋濒临一条河。这听起来像是童话故事，但却是真的，所有从前在大钟新村住过的人家都可以作证。但是能证明这一切又有什么用呢？它曾经存在过，而后消失了，这与从未存在过的幻境有什么区别？难怪人们总爱幻想，反正什么也留不住，不如想象出一些良辰美景，好让生命更精彩、更丰富。可我说的这一切都是真的。我经历的真实从来超乎想象，我真不知这是一种不幸还是幸福。

这就是你现在居住的大钟新村，同样的地方曾经是另一个世界，生活着另一群人。现在每次回来我都要回去看看，但除了大钟亭还在，其他的一切，树木、房屋，山坡、河流，包括从前的邻居，都荡然无存，连一棵草，一只蝴蝶的影子也全不见了。你知道，当时院子里有很多蝴蝶，最常见的是白蝴蝶，有火柴盒那么大；灰蝴蝶、黄蝴蝶更小一些，飞起来也更轻，而且总是绕圈圈，很难捉到。最漂亮的是一种梧桐树叶大小的黑蝴蝶，是蝴蝶王，如果能捉到那样一只，会激动好几天，但一年顶多捉到一两只。不是因为这种蝴蝶少，也不是很难捉到它们，而是面对蝴蝶王，每个人心里都太紧张，好像捉了它就要出大事一样，心一颤，手一抖，沉沉的黑蝴蝶就翩翩飞走了。我至少有过几十次这样的经历，那时的黑蝴蝶喜欢停在石头路旁边的冬青树上，冬青树比我们长得高一点，我们可以离它很近很近，看见它偶尔扑闪的翅膀上一丝丝金线和两根长长的黑须子，它会把须子卷曲，放进嘴里，慢慢地漱洗。这时要伸手捉它，需要巨大的勇气——它太漂亮了，而且一副神圣庄严的气派。虽然它毫无自卫能力，但我们还是不敢随意侵犯它。坦率地说，印象中我没有一次捉到黑蝴蝶的经历，但小海捉到过一只，拿给我看，那是我第一次可以从正面近距离看见黑蝴蝶，看见它的眼睛和爪子。说起来难以置信，那黑蝴蝶的表情是笑着的，笑得十分神秘，好像心里藏着许多我们永远也猜不透的秘密和惊喜，但同时笑得我们心里直打颤：它为什么要笑呢？说明它是很有办法的，我们于是不敢不善待它，可是又舍不得放了它，最后我们还是把它夹在了书里，而那本书我们从此不敢随便去碰，直到又过了一些年，那本书给我弄丢了，记得那是小海的《十万个为什么》。而相比之下，捉白蝴蝶要容易得多：它们最喜欢停在梁奶奶家的油菜地和小玉家的蚕豆地里。在60年代，大钟新村的居民大多都种菜、养鸡，有些人家已到了自给自足的程度，这在后人看来，几乎是不可思议的事情。其实我想告诉你的一切都是不可思议的，当时觉得自然而然，可回头一想：天哪，曾经发生过这样的事情！——过去谁也不说，谁也不去回忆，那么将来即使偶尔有人提起，也不会有人相信，那样就太可惜了。毕竟那是曾经存在过的史实，是我们的生活经历。现在写回忆录的人不少。但在我看来，他们至今被过多的外界因素蒙住了眼睛，以至于无法认知自己的亲身经历，这样的人有的是，我敢肯定，但对此我不想多说，因为论断他人是不明智的，不如看看自己。在我童年时代的体验中，一只黑蝴蝶的笑容和笑脸上的黑须须，远远胜过一场“批林批孔”运动，不过也许是后来才这么想的。当初是孩子，懵懵懂懂的，许多不相干的事物都迷迷糊糊地混在了一起。

刚才说到白蝴蝶，它们最喜欢停在梁奶奶家的油菜地和小玉家的蚕豆地里。梁奶奶家的油菜地种在西山下，每天傍晚我们都聚在那里，夕阳散在大片金灿灿的油菜花上，许多蝴蝶、蜻蜓飞来飞去，那情景我直到几十年以后去青海旅行时在青海湖边才再次见到。梁奶奶家的油菜地后面插着一道竹篱，旁边有几棵梧桐、白杨和桃树。在后来写的《故园情》里，“桃花芬芳映黄墙，牵牛花开掩竹篱”，说的就是这里。我们在油菜地里捉蝴蝶，逮蜻蜓，梁奶奶从来不管。在油菜地里逮着白蝴蝶，通常装到半斤装的牛奶瓶里，再插上一支油菜花茎。有时会把蝴蝶、蜜蜂和蜻蜓装在同一个牛奶瓶里，好像是蝴蝶最吃亏，蜜蜂最神气。捉蝴蝶只要用食指和大拇指一捏就行；但捉蜜蜂就需要用两片青菜叶轻轻一夹，然后就会感觉到青菜叶中嗡嗡的振颤，但薄薄的菜叶对于蜜蜂来说是很厚实的，它们通常无法挣脱，除非你没有夹紧，偶尔也会被叮一回。我笨手笨脚的，给蜜蜂叮过好几回。捉蜻蜓最难：蝴蝶是翩翩地飞，飞就飞，停就停，不紧不慢，从从容容；可蜻蜓像个幻影，忽东忽西，飞也是停，停也在飞，非常警觉灵敏，一晃就不见了。所以用手几乎不可能捉到蜻蜓。有些孩子有捞鱼的纱网，系在长竹竿上，在空中一挥就可以捕到蜻蜓；但我们没有网，就只能用衣服扑，偶尔也能扑到几只。当然这些都是油菜地里的事，到了河边就不行了，河边的树枝和水上的荷叶、荷花尖上蜻蜓更多，除了常见的红蜻蜓之外，还有比火柴杆更细更轻的一种蓝蜻蜓，从来没有人捉到过，但我们捉到过比红蜻蜓更大的老虎蜻蜓，是灰颜色的，牙齿很厉害，还会咬人。你想不到，蜻蜓的样子很凶：蝴蝶会笑；蜻蜓光亮的圆脑袋上，怒目圆睁，牙齿不停地乱咬，但它们的翅膀和体形实在漂亮，所以样子凶一点也无所谓。在我们一起玩的孩子当中，有不喜欢蝴蝶的，因为有人说蝴蝶身上的粉有毒；但没有不喜欢、不珍爱蜻蜓的。蝴蝶的翅膀太脆，很容易被折断；而蜻蜓的翅膀却透明、坚硬。经常会出现这种情况：当我们想把它们放走的时候，只要一松手，蜻蜓一晃就不见了；而蝴蝶有时就飞不动了，因为翅膀被我们捏伤了。我常常把沾着蝴蝶粉的手指按在墙上留下手印。

刚才说的是油菜地里，白蝴蝶飞在明黄的油菜花上十分醒目耀眼；而蚕豆地里的蝴蝶就很隐蔽。我说的是小玉家的蚕豆地，长得有半人高，碧绿的枝叶上盛开着黑白花瓣，我们称之为蝴蝶花，和蝴蝶长得一模一样。我猜想蚕豆地里之所以蝴蝶成群，也有这方面的原因，估计蝴蝶以为这些花都是它们的同伴，而且总是伏在那里，风一吹就扇动花翅膀，并发出清香。我和小海、小毛经常躺在蚕豆地里聊天，从傍晚一直聊到天黑，这时月亮就会像一只硕大的白蝴蝶，停在我们头顶……那年我们刚上小学。在蚕豆地里是饿不着的，相反，回去连饭也不用吃了。小玉家的蚕豆个个颗粒饱满，每个豆荚里都能剥出四五颗大蚕豆，新鲜的蚕豆甜丝丝的，水分很足，一吃就停不住。豆荚里的蚕豆都包着一层青壳，我们是连壳吃的。如果把一粒蚕豆的下半截青壳剥下来，正好是一个美国佬戴钢盔的样子：脸凹进去，鹰钩鼻子翘起来，一副苦相。

也就是在小玉家的蚕豆地里，我和小海第一次萌生了写诗的念头：从小读了些古诗词，而诗词中的情景院子里都有，这就让我们感觉自己离唐诗宋词很近，仅一步之遥。但遗憾的是，当初我写给小海的诗他都弄丢了，只有他写给我的诗我都留着。有些是他写的，有些是我们合作的，当时我们的水平都差不多，小海读古诗更多一些，比我更成熟，我比小海感情更丰富，大约是这样的。而且小海时常会流露出一种悲观情绪，不知从哪里来的，可能是天性，我要比小海乐观一点。而与我们相比，小毛更客观一些。我和小海正绞尽脑汁你一句我一句地“苦吟”时，小毛正在家里玩气枪，打下来许多知了，然后又将枪口瞄准了我们，我们浑然不知，还在蚕豆地里咬文嚼字，在当时就觉得文字比蚕豆更有滋味：

暮吟南窗下，炊烟绕人家。
天青浮云隐，春风送晚霞。

这是小海的处女作，出手不凡，当时我羡慕之极，发誓要写出更好的诗句，好像除此之外，别无他求。

另一首五言诗是这样的：

二月春色新，乌云又遮阴。
细雨欲湿衣，微风拂面轻。
雾罩北山绿，烟中杨柳青。
要愁那得空，只余逍遥心。

我保留的这些小纸片上都没有日期。记得后来，小玉家的蚕豆地衰败荒芜了，我们就去大钟亭，晨读古诗，傍晚创作。我和小海每天傍晚六七点钟在大钟亭见面，没有人知道，我们相约去作诗。

夜半远钟对月鸣，悠悠声绕村边亭。

秋风轻起万声绝，孤灯一盏照不明。

这首诗就是大钟亭月夜赐予我们的灵感，最后三个字我们都不满意，因为后来，月亮躲进了乌云。

《春日偶成》也是在大钟亭写的，站在大钟亭旁边的石栏上，可以看见不远处的北极阁山和山上亭台楼阁，灌木丛林。那天上午我们念完古诗，心情特别好，就没有回家，留在大钟亭内转来转去。阳光把亭子里的大铜钟都照亮了，旁边的银杏树刚发出新芽，树下的石阶两旁，滑梯亮闪闪、青溜溜的，我们滑了几趟之后就坐下来。小海半天不说话，我也在苦思冥想。我的诗句不知飞到哪里去了，而小海的《春日偶成》就这样写成了：

云淡风轻近午天，阳光漫洒山水间。

遥望蓝天迎春风，解衣逍遥好悠闲。

无边光景一时新，枯枝爆芽兆新年。

却道今日风光好，谁知夜来雨雪天。

然而，毕竟是小孩儿，我们也常写一些打油诗。比如《二月天变有感》：

风急枝摇云惨淡，二月天公复无常。
枯枝摇曳不见芽，落叶飘零草还黄。
新剃后颈阵阵寒，清水鼻涕唏唏淌。
只道二月天应暖，谁知朔风催寒装。

后面还附有：“拙作七律一首，望君谅读。”并有签名和日期：“叶学海，一九七五年三月十一日”。

小海这些诗大多都是和我的一首诗，差不多我要给他写三五首，他才回我一首，可惜我童年的诗作都不见了，以后改写新诗，古诗就不会写了。而小海从未写过新诗，但他少时的几首旧诗，在我看来，足以让他骄傲一生。

前面说到，我们正在吟颂风花雪月的时候，小毛正在玩气枪，并用枪口瞄准了我们。我们浑然不知。一天傍晚，我和小海、牧蕊正坐在楼下乘凉，小海开始编他的恐怖故事，讲到“夜半三更，一个白飘飘的影子在可怕的房间里晃动……”突然，“乓”的一声，一阵凉风从我耳边擦过，再一看，一道血已从小海的右脚背上流出。这是小毛站在十几米开外的窗口射出的。牧蕊尖叫一声，然后我们就扶着小海慢慢走回家，小海一跳一跳的，眉头紧皱，豆大的汗珠顺着额头流下来……而回到原地，我不知所措，只希望能在地上找到那颗子弹：那是一片潮湿的泥地，几株青草，一片青苔。我挖出了草根下的蚯蚓，寻遍了青苔下的蚂蚁洞，也没有找到那颗球形铅弹。天黑了，我还在地上摸，希望用我的诚心改变现实，然而事与愿违，无情的子弹已穿入小海的右脚背，打进骨头两厘米。小海住院动手术，请假两周；小毛的气枪被他爸爸没收，并罚跪搓衣板。往常总是我和小海一起上学，小海突然负伤请假，我就一个人走来走去。大钟亭小学离家很近，但我总觉得很远，路上也很孤单。每天放学我都直接去小海家里看小海。我没有别的礼物送他，只有小纸片上的诗词。小海读后回了我一首：

《赠友以培抒怀》（病中作）

窗外沥沥雨连绵，逆风阵阵掀窗帘。
临窗灯下阅君作，勾起旧日思绵绵。

青天一对高飞燕，顽童子弹不留情。
一声呼啸腿一抖，双燕分别真可怜。

飞时只为闲时乐，真闲却又不愿闲。
心头空空忆往事，只觉高飞如此甜。

疾风方知真劲草，此次也似火中炼。
炼出钢筋铁骨坚，双燕重又飞青天。

学海作于十三日晚

这首诗没有年月，只有日期，也不知是小学几年级写的，从中还可以看出一点我给小海的诗的影子，可惜只剩下这点影子。但尽管如此，提起童年光辉灿烂的友谊，我们便可以自豪地说：“有诗为证。”

等小海的脚伤痊愈，西山上的野草已长到一人多高，里面飞着跳着许多蚂蚱、蝗虫、鬼头[①]和纺织娘[②]。而一到深秋，小虫渐渐消亡，只剩下野草直挺挺地站在那里，像整齐的军队。我和小海突发奇想，要和他们大战一场。

于是我们回去用竹子削成一米长的宝剑，进山砍杀，野草在夕阳里齐刷刷地倒下，风声鹤唳，我们着实感到自己威风凛凛，杀进了古战场，直到筋疲力尽，我们才倚剑叹息，站在山岗上，眺望暮云飞逝，掠过山下村庄……

“后来呢？”

“时候不早了，后来的事慢慢告诉你。简而言之，后来我们

① 鬼头，一种土灰色的小虫，介于蝗虫和蚂蚱之间，会跳会飞，一旦被抓住，它就口吐棕色的浆汁，不知为什么。

② 纺织娘，一种漂亮的小青蚂蚱，牙齿是黑的，会咬人，身体青嫩，飞起来像青衣纺织娘，妩媚动人。

都去了北京上学，再后来小海到了美国，在华盛顿大学研究生物工程……”

我们正说着，电话铃响了，是禹宁。

“知道我在哪儿吗？”

“哪儿？”

“燕子家。”

“恭喜恭喜。”

“你不过来呀？”

“不行。我这里有人。”

“谁？”

“护士。”

辛静抬头看了我一眼，像是默认了。

六

医院的早晨天不亮就开始了：鼓楼广场上行人稀少，暗蓝色的夜幕还未散尽，医院的新楼已灯火通明。经过一夜难得的睡眠，父母的病情都略有好转，这种细微的好转，只有亲人才能够察觉。正好今天中午大姐宝宝、二姐贝贝将分别从洛杉矶和北京回来，爸爸、妈妈现在的情形，可能会比她们想象的要稍好一些。

早晨6点，病人已洗漱完毕，送饭的手推车"轰隆隆"经过走廊，病人和家属拿着饭盒、茶缸出去打饭。一夜没睡，我却一点儿也不困，只觉得人有点发飘，身体轻得像根羽毛。早饭后，爸爸、妈妈让我赶紧回去睡觉，看他们焦急的样子，我匆匆离开。上午医院查房，按规定，家属得离开病房，正好我和辛静一起下班。

南京的冬天，常有这样的清晨，天空灰白，灰云在头顶穿行，行人和车辆都默无声息，空气中还残留着些许夜色，城市睡眼惺忪。这样的清晨走在这样的人群中，你忘了自己是谁，身处何年何月……上小学的时候，我常遇到这种情形，今天和辛静走在一起也是如此，而眼前的鼓楼广场已面目全非。从前广场中央有一座主席台，台上插着红旗，悬挂着马、恩、列、斯和毛主席画像，两侧的石柱雄伟壮丽，中间有许多空座位，偶尔开全市大会或中央首长来访，才会有一些重要人物坐在上面，他们一发言，整个南京“空气在颤抖，仿佛大地在燃烧……”① 广场中央有一片圆形空地，用水泥墩挂着铁链围着，常有一些卡车在里面练习钻杆，平时从没有人进去。广场四周，环绕着工农兵的彩色画像，画上的人物个个都是幸福而强壮的巨人。我们的大钟亭小学就坐落在鼓楼广场旁边，那时我们常来这里跑步：天不亮，广场静悄悄的，路灯像白玉兰一样在早晨的空气里绽放，天空群星熠熠，主席台上革命导师的音容笑貌在我们心里荡漾，温暖而又慈祥。我们迎着晨风跑步，看朝阳渐渐升起，越过北极阁山上的白塔和灌木丛林，将金光撒向广场，满街的梧桐树金碧辉煌……和辛静一起走过鼓楼广场，穿过陌生的人群，昔日场景与眼前广场中心的草坪及四面高楼交织在一起。

辛静走在前面，裹着一件米色风衣，竖着衣领；可在我眼里，她还穿着白大褂，走到哪里，哪里就变得祥和、清静。我现在相信，有时候人们对一座城市的印象，只是对一个人的印象。因此，一个人就可以改变一座城。

① 当年风靡一时的南斯拉夫电影《瓦尔特保卫萨拉热窝》中的台词，是游击队员的联络暗号，我们小时候常挂在嘴边，这是上句。下句是：“暴风雨来了。”

“我们去喝茶吧，”辛静回过头来说，“大钟亭新开了一个茶楼。”于是，我像一名外地游客一样，跟着辛静来到大钟亭。

原先朝西的一扇红木门已经换成墙壁，现在大钟亭的正门是朝南开的；门口的街道原先叫“铁路边”，我们小时候都这么说，但铁路我们从没见过，只是听说原先有小火车从这里经过，而我们看见的，只是一段像堤坝一样的土坡，两侧搭建着一些白墙黑瓦的简易平房，里面住一些工人，从前把我抚育大的周阿姨就住在这里。周阿姨的丈夫是个退休工人，脸色蜡黄，整天叼着个旱烟，无所事事。他们家有九个孩子，小九子与我同龄，跟我是好朋友，他又黑又瘦，但很有劲。后来“铁路边”的工人家庭，包括周阿姨一家都下放到农村去了，等他们再回来，就成了“下放户”。在南京，“下放户”一度成了讽刺穷人的贬义词，比如说这人真土，“像个‘下放户’似的”。有一年，大约是在我上小学二三年级的时候，大批“下放户”返城，露宿街头，向当时江苏省委书记吴大胜示威、请愿，后来不了了之。那是我第一次见到满街蓬头垢面、衣不蔽体、骨瘦如柴的人，当时我以为这些人一定是从旧社会来的。我不能想象周阿姨全家也在其中，但只能是这样或者更糟——周阿姨一家后来杳无音信。印象中，周阿姨是一位高大健壮、勤劳能干的母亲。而“铁路边”两侧，还种着小树苗，土坡下的屋顶比土坡还低些；家家人丁兴旺，户户大门敞开，里面的家具，清一色的都是一张老木桌加几条长凳，桌上放着几只铁壳或竹壳的热水瓶，热水瓶之上的墙壁中央，挂着毛主席像，我们上学时，一路上都能看见毛主席亲切的微笑……

辛静领我上楼梯的时候，我一下就想到了这些，还有许多，我真想一一告诉她，但不知从何说起。眼前的“铁路边”已变成一条平整的柏油路，路边开着一排餐馆和店铺。几辆三轮车和出租车停在大钟亭门口，一些中年男子和妇女坐在街边擦皮鞋，他们或许就是当年“下放户”的孩子，他们看我的眼神好像都认识我，并让我想起“铁路边”的历史。可惜这段历史没有人记录，但就这一小段路，近二十多年来，确曾发生过惊心动魄的变迁，许多辛酸的往事藏在路边……而这段路，确曾让我感到过由衷的幸福。

一回南京，仿佛时光倒流。我在身边已难得找到亲近的朋友，而从前的人与事却纷至沓来，满街尽是故人身影……

眼前的大钟亭门口，是一座新立的牌坊：

大钟亭

西北东南天象

左右中间地势

接　　　当

龙　　　楚

蟠尾

虎吴

踞头

从中间进去，上一段石阶，便看见七只红灯笼挂在屋檐下，每个灯笼上写着一个字，连在一起便是：“寒夜客来茶当酒”。虽然是在早晨，黑体字在红灯笼上轻轻旋转，依然让人感觉到刚刚过去的寒夜；而悬挂灯笼的楼阁同样古色古香，让人联想到“宝鼎茶闲烟尚绿，幽窗棋罢指犹凉”，但此时人去楼空，我和新朋友辛静一起回来，心静如水。穿过石子路的走廊，只见墙上挂着一块木牌，上面写着：

找把老茶壶

约个老时间

几个老朋友

磨个老半天

从走廊走上一条石子路，再越过一座小石桥，就到了大钟亭前。谢天谢地，亭子没有变，红亭子里的大铜钟，依然留着红砖砸过的印迹——我们天天在大钟亭旁边生活，却从未听过一声钟鸣，只有做梦的时候，才听见大钟“当当”鸣响，声震四方；终于有人忍不住钻进栏杆，用红砖砸向大钟，那一丝轻微的鸣响，着实安慰了我们很多年。

退后两步，才发现大钟亭前立着块石碑，上写着：

我国古代城垣建设，常配以钟楼建筑，用以报警。此亭内大钟为明代钟楼遗物。明代钟楼原建在金川门内，清初康熙年间，钟楼倒塌，钟坠地，一立一卧。立者清末咸丰年间被毁，卧者于光绪十五年（1899）由江宁布政使许振祎在此建亭悬挂，遂称“大钟亭”。钟系紫铜浇铸，高356米，重2.3万公斤，口径230米，钟的颈部铸阳纹花瓣一周，提梁上饰以云纹和波浪纹，上刻有“洪武二十一年九月吉日铸”的铭文，距今已近六百年。此钟体形美，撞之声闻数里。亭为重檐六角攒尖式，高145米，亭以六根铁柱支撑，上架六角交叉梁，大钟悬挂其上。民间传说明太祖朱元璋命康茂才造钟，康屡铸不成，他的三个女儿知父难事，亲投炉中，出钟三口，虽说神话，却反映了封建时代的历史。建国以来，省市政府多次拨款重修，1965年列为文物。

细读这段文字，我暗暗吃惊：这么多年来，我从未听说过这段历史传说；而我们心中的大钟亭没有年代，没有历史，就像山水一样天生自在，本身就是历史，就是传说。何况我们的生活，为它写下了新的历史，新的传说。

我问辛静她是否听说过这段故事，她摇摇头，显得十分惭愧。我说：“我也不知道，这没什么的：我们经历的，只是没有写成文字而已，同样是大钟亭的历史。你觉得呢？”

辛静点点头说：“所以你应该把你小时候的事情写出来，见过大钟亭的人都会很感兴趣的。”

“可现在我走了，你就是大钟亭的主人。”

“应该说它是我的主人，我需要有这样一位主人照应、守护。”

“其实我们都是大钟亭的孩子，大钟亭是我们的守护神。就像小时候我们无论做了好事或坏事被人发现，人家问起来你们是哪儿的，我们就说是大钟亭的！”

绕着大钟亭走了两圈，我们就上了旁边的茶楼，坐在楼上可以看见大钟亭全景。天空还是灰色的，铅灰的流云挂在树枝上，如银杏的银发。与童年印象相比，大钟亭和银杏树都变小了，只是里面的铜钟似乎更大、更沉稳。因为是清晨，茶楼里只有我们两人，大理石桌面镶着棕色木边，月牙形的藤椅看上去已有不少年头，竹墙上搁着几盆鲜花，墙上挂着几幅古画和一副对联：“客至莫嫌茶味苦，茅屋唯有菜根香”。我们要了两杯雨花茶，说起从前采茶的经历：中学学农的时候，我们曾去中山陵采茶；辛静在上护士学校时，曾去雨花台采茶，我们采的都是雨花茶，都是在清明之前，当茶树刚刚发芽的时候……

嫩绿的叶尖在玻璃杯里旋转，杯中新茶仿佛是我们当年采下的……身穿蜡染布衣的服务员走来走去，——“欢迎光临！”——门铃“叮当”一响，又来了几位客人。我们喝着新茶，谈起旧事：

有一次我跟小海来这里，从栏杆里钻进去，站到大钟下面，抬头望着幽深的钟底，像个黑洞洞的旋涡。我忽然产生了一个可怕的念头，并告诉小海：“万一大钟掉下来怎么办？”话音未落，我们就吓得赶紧逃出来，逃到外面再来讨论这个问题就轻松多了——

“如果大钟轰的一声掉下来，你被扣在里面，”小海摸着下巴，闭上眼睛，摇头晃脑地说，“你不会死的，因为钟口是波浪形的，可以透气，吃的东西也可以从这些月牙形的小孔送进去。万一孔太小，可以挖洞。我和小毛轮流给你送水送饭，这样你就不会饿死，也不会渴死了。”

“整天扣在这个大黑钟里过日子会怎么样？一个人不要闷死了？”

“不要紧，我们每天在外面敲钟，你就不闷了……”

“还是不行……”我想了想说，而突然间，我恍然大悟，“对，如果是你被扣在那里呢？”

小海眨着大眼睛说：“那是不可能的！”

“唉，要是我小时候也能碰上你们就好了。”辛静说，“我们小时候，每家都只有一个孩子，外面也没有人玩。大钟亭已经荒掉了，门都封起来，从门缝看进去，里面都是乱石、杂草和泥浆，根本没有人进来。也就是最近几年刚刚修好，开放之后，已经成了外地游客的旅游景点了。我们天天经过，也想不到进来，其实来看看还是挺好的。”

辛静说着说着，有些犯困了，于是我送她回家。她的家曾是我的家，但原先那六幢黄墙蓝瓦的小楼已无影无踪，取而代之的是六幢六层楼的水泥公房，千篇一律，全国各地都一样。走进院子，已看不出也想不出这是什么地方，院内的空地，全盖了房子，楼房与平房交织在一起，七零八落，杂乱无章。狭小的天地被分割得支离破碎。几个人进进出出，都是陌生人；一个老头拄着拐杖一步一步缓缓挪动，我仔细辨认，还是陌生人。我东张西望，院子里的人不怀好意地看着我。我低下头，只见柏油路边的水泥地上，露出一截被锯断的梧桐树根，还没有死，侧面生出几束新枝，即使在冬天，上面还挂着几片棕红的树叶，树根的断面潮湿黝黑，上面爬着几只黑蚂蚁。附着在上面的树皮是青灰色的，已蜷缩起来，眼看就要掉落在下面的蚁穴旁边。蚂蚁们还在懵懵懂懂地爬行，和我们小时候一样……

辛静走在前面，我紧跟着她，她家现在住的楼房大约就在我从前居住的那幢房子的位置上，我跟她上到四楼，进了房间，开门的时候她才告诉我，她的父母已经出国，不知什么时候回来。

从辛静房间的窗口，只能看见对面的水泥楼房斜横在院子里，占据着窗口的整个空间。辛静拉上窗帘，房间就暗下来，窗帘像一片盛大的荷叶，绿荫中分不清昼夜、季节，但昔日村中美景一一重现。的确，在辛静的房间里，我找回了失去的故园。

七

迷迷糊糊地醒来，堕入镜子里的世界：镜中伸出一枝腊梅，上面站着一只喜鹊，“喜上眉梢”四个红字若隐若现。镜子旁边是一只棕色大橱，橱门半开，里面挂着一件米色风衣，一件白衬衫和一条红围巾……窗外下着雪，阴暗的房间里只听见秒针嘀嗒和女孩轻微的呼吸，离你很近，你可以闻到一股甜丝丝的气息，如佛手的清香，沁人心脾。一伸手，你便触及一个柔弱的身体，好像一件瓷器，你谨小慎微，深怕把她碰碎了；这时你眯着眼睛，想不清自己在何时何地——一种幸福的困倦使你与现实世界若即若离。有那么一个瞬间，你甚至感觉自己正躺在摇篮里，身边的一切与生俱来，自从有意识起，就一直存在至今，这种瞬间似乎比你经历的岁月更长久，以至于多年之后她突然重现，让你感觉到其间经历的一切不过是南柯一梦。醒来，你把这一切都告诉了她；而她是谁，你依然无法确定——

上小学的时候，记不清是几岁了，也是在大钟新村这样一个房间里，天暗下来，外面下着雪，雪片落在窗前的黑树枝上；

那是一棵桃树，在一米多高的地方分叉，树冠正好印在一楼的玻璃窗上，窗户总是关着，里面光线幽暗，人影亦真亦幻。我经常出入这间密室……

你知道，原先这里的六栋房子都是两层，每栋住八户人家，一个门洞里住四家。大门是赭红色的，上面贴着毛主席像。我们家住在后三栋 40 号，小海、小毛家都住前三栋，分别是 5 号和 12 号。班里有个女生，住在 21 号，叫闻琴，与我们同龄，但我们都觉得她比我们小，说话怯生生的，总是看别人脸色，生怕得罪了谁。她非常懂事，而且心地善良，只是过于敏感，动不动就哭，哭起来比谁都伤心。我说的“密室”，就在闻琴家里。

她们家一般没有人去，不知是不让人去，还是人家不敢去，因为她爸爸在香港。在我们小时候的印象中，“香港”总是和“特务”联系在一起的，所以有人说，闻琴的爸爸是“香港特务”。不仅孩子这么想，大人也这么想，这就比较可怕了。闻琴有两个姐姐，一个叫闻钟，另一个叫闻莺。她们的爸爸常年不在家，妈妈是“神经病”——小孩都这么说，我们也这样认为：她看上去很凶，戴着一副黑边眼镜，花白的头发总是披散着，好像从来没有笑过，看人总是斜着眼睛，一副怀疑、忌恨的表情。在别的同学家里，大人总会跟我们说笑，可是闻琴的妈妈见了我们，像不认识一样，她看所有人都是一个表情。闻琴很胆小，当时我想，是被她妈妈吓的。可是闻琴的小姐姐闻莺总是微笑着，她高高的个子，长长的头发，弯弯的眉毛，亮亮的眼睛，我们和闻琴在一起的时候，也偷偷看她，她好像发现了，却并不在意。闻琴也非常秀气，只因人小，还没出落得像她姐姐那样如花似玉。而她的大姐我们从没见过，听说是在香港。关于香港的事情，我们谁都不敢问，闻琴也只字不提。如果说跟小海在一起让我初尝人生的友谊，而和闻琴在一起，我似乎动了春心。春心就是春天的心，因为一到春天，她们家门口的桃树就开花了，风一吹，粉白的花瓣飘落一地。我轻轻一跳就站到树上，看见她们家里的情景：奇怪的是无论风雨阴晴，屋里总那么幽暗，桌椅和大橱都是棕色的，地板灰白，家里没什么东西，但显得十分拥挤，好像总有重重叠叠的阴影在里面晃动，不知是人影还是橱柜的影子。如果她妈妈在家，我就从树上跳下来，灰溜溜地跑开；如果只有闻琴和闻莺在家，我就敲门进去，随便怎么敲，闻琴都知道是我来了，总是跑着来开门。门一开就笑起来，笑得眉毛弯弯，眼睛弯弯，和她姐姐一样，只是她的头发更短些。我不记得当时我们说了些什么，回忆起来就像是无声电影一样（不过是彩色的），不说话，什么都明白，彼此间有一种天然的默契，没事总喜欢待在一起。童年的时间是另一个概念，那时候，一下午会很长很长，我们做什么事情都不是经过思考决定，而是像动物一样凭借本能，所不同的就是比动物多了一点虚荣心。有一年寒假，我们在她们家里办学习班，当时是三人一个班，我和小海、闻琴在一班，每人搬一张小凳子，坐在一张小方桌前，打开红宝书，先默读一段，再畅谈“心得体会”。桌上放着打开的笔记本和铅笔盒，还有一只圆头圆脑白底黑字的小闹钟，钟上带着一只银把，钟面印着罗马字母。我们在默读时，就听见秒针嘀嗒嘀嗒，窗外窸窸窣窣，不知是风声还是时光流逝的声音。虽然什么也读不懂，但心里着实能感受到一种无可名状的幸福。读着读着，有时我会突然笑出声来。——“你先笑的！”小海立刻指着我的鼻子说，然后他也大笑起来，笑得直流口水。闻琴也跟着我们笑。笑着笑着，不知怎么的，我跟小海就打起来，两人滚在地上，闻琴就把桌子搬开，以免我们的脑袋撞伤。小海和我势均力敌，总是打个平手，打到两人都累了，谁也治服不了谁，就起来继续学习毛主席著作，秒针又在嘀嗒作响，而窗外不知什么时候下起雪来，鹅毛大雪轻轻落在房顶、地面和窗前的桃树上，转眼间，整座院子银装素裹。隔着玻璃往外看，天色渐渐暗下来，可是闻琴的妈妈还没有回来，我们就一直等着，等到雪停了，星光熠熠闪现在头顶，玻璃窗上已经结了一层冰霜。小海搬了一张小凳子站上去，用指甲在玻璃窗上写下“瑞雪兆丰年”。他从小就练王羲之的字帖，几个字写得出神入化。而后，我和闻琴也搬着小凳子站上去写字，直到把每一块玻璃都写满了。可写着写着，闻琴突然哭了，我跟小海互相交换了一下眼色，两人都莫名其妙，可转念一想：她妈妈没有回来。后来闻琴不哭了，小海也不写了，从小板凳上下来，把凳子搬回原处；我们就陪着她，坐到那张小方桌前。秒针嘀嗒嘀嗒，那只小闹钟在黑暗中呆呆地望着我们，与我们大眼瞪小眼。闻琴不哭了，也不说话。我们三个就像木头人一样坐在黑暗中，这时整个世界都静下来，鹅毛大雪还在纷纷下着。这时，我们突然听见隔壁小房间[①]传来哭声，那是一个沙哑的老人的哭声，哭得凄惨而恐怖。闻琴赶紧站起来开灯。灯亮了，哭声还没有停，断断续续的哭声，夹着窸窸窣窣的响声，令人不寒而栗。那个雪天的晚上不知有多漫长，我们在昏黄的灯光下苦等，这时红宝书已经合上，铅笔盒和笔记本也都收了，“心得体会”一个字也没写。隔壁的哭声时断时续，而我们只能眼睁睁望着窗外：大雪纷飞，不一会儿就染白了窗前的桃树。过了不知多久，有人敲门，是闻莺回来了，她脸色苍白，披头散发，样子可怕极了。我只听见她说了声“出事了！”，然后就走到那个深棕色的大橱前，拉开橱门……后面的事情我们就不知道了。我和小海心惊胆战地走出门，吱吱踩着雪地，各自回家。记得那天雪下得很大，我们的脚印陷得很深。

第二天上午，闻琴就像没事一样和我在一起玩，我和小海又互相交换眼色，但谁都不敢问。而此后我们就没再去她们家办学习班了。这件事对我和小海来说，一直是一个谜。

有一天，我从闻琴家门口经过，看见一个戴蓝布帽的男人从里面出来，面无表情，脸色惨白，穿一件灰色中山装，样子很特别。

① 大钟新村原先一套住房大小两间，有住一家的；也有的住两家，大小房间，各住一家人。闻琴家就住在大房间，小房间住着耿以礼夫妇二人。

我跟在他后面走了几步，又折回来，轻轻敲门，一个涂着口红，穿着花衬衫的女人把门打开，她身上有一股异香，眉毛画得像两片柳叶，我不敢看但还是看了她一眼，低着头问："闻琴在家吗？"她很客气，把我领进房间，我看见她腿上穿着肉色丝袜，脚蹬一双红色绣花鞋。关于绣花鞋的故事当时广为流传，是个关于破案的恐怖故事，没有人了解故事的结局，而每个人都在传说中添加了自己的想象，故事越说越玄，其中的女特务越传越妖艳，她飘来飘去，在孩子们梦中缭绕、闪现。而这一天我一见到这个女人，心头就划过一道闪电，本能地相信自己找到了绣花鞋的去向，发现了可怕的答案。然而这个念头一闪而过，闻琴告诉我，这是她的大姐闻钟。闻钟，就像听见了钟声，这个名字我好喜欢，而且她待人和蔼可亲，说着一口软软的普通话，让我觉得资产阶级近在眼前……你有没有遇到过这种情形，有的人，你只见过一面，却终生难忘。对我来说，闻琴的姐姐和父亲就是这样，仿佛只见过一次，抑或是幻觉，但至今记忆犹新，回想起来，我还能听见闻钟说话的声音，闻到她身上奇异的芳香……

可是这两个人瞬间出现，又瞬间消失，闻琴的家转眼又空空荡荡。不知什么时候，我又坐在她们家的地板上，想起来了，她们家的窗帘是淡绿色的，阳光照进来，好像水潭中的荷叶在地上晃动，和现在一样。只是那时候，水潭就在不远的地方，而现在早已干枯……说到这里，辛静把一只大枕头抱在胸前，像一段记忆。

不过那天很冷，虽然是中午，但所有的炉子都灭了；到了吃饭时间，也不知是中饭还是晚饭，闻琴打开一口白铁锅，里面有小半锅干硬、冰冷的米饭，还有一把木勺搁在里面。她用木勺盛了两碗饭，又从碗橱里取出一只带有绿色条纹的搪瓷碗，里面有两块正方形的红红的豆腐乳……那碗干硬的冷饭和豆腐乳的味道我都忘了，但饭后她给我喝了一种酸酸的饮料我还记得，是用一种橘黄色的粉末泡成的，很好喝。然后她就困了，倒在床上，我也晕了，就靠在她身边。那一觉睡得斑驳陆离，无数美梦汇聚在一起；迷迷糊糊中，我伸手触摸到她的后背，她缩成一团，像颗卷心菜。醒来，天色昏暗，一切都和现在一样，只是那棕色大橱里，似乎还挂着一条平平整整的红领巾……就好像一夜之间她长大了，变成了你。其实你比她小很多呢。

后来听大人说，那次闻琴的父亲从香港回来，组织上非常重视，让她正在上中学的姐姐闻莺负责监视父亲，而她的母亲被隔离审查。闻琴就生活在这样一个家庭里，她怯生生的样子和胆小怕事的性格也许并不是天生的。可这些都是我后来才明白的，等我意识到这一切，她已经去了香港，从此杳无音信。若不是遇见你，许多事情我都想不起来了；可是你一出现，过去的良辰美景全都回来了，连细节都历历在目。这是怎么回事呢？

八

“闻琴三姐妹让我想到大钟亭的故事：康茂才的三个女儿跳进火里，救出她们的父亲。你说这会是真的吗？”辛静说着，侧过身来，兴奋地看着我；我看着她，她的衬衣半开，露出双乳，像两只玉兔。我没说话，仔细看着她：她就这样自然袒露。我惊讶之余，深深感激我的故乡：南京，只有南京，才能造就出这样的女孩儿。

“流传至今的都是真的，”我说，“就像梦里发生的事情，究竟发生了什么，取决于醒来之后你记住什么。再辉煌的梦，醒来之后忘了，就跟没做过一样。许多往事石沉大海，就再也没有了。可一旦你想起几件最难忘的，这些事情就会像珍珠一样被一颗颗串起来，再也不会丢了，而那贯穿的线索就是记忆，唯有记忆是人类的生命线。你说呢？如果没有你，我可能永远也想不起闻琴；同样如果没有闻琴，我对你或许是另一种情感，不像现在这样……”

“现在什么样？”辛静还那样看着我。我突然担心我说的一切她并不能真正理解；或者理解了，这对她又很不公平。毕竟她没有离开过南京，也没有见过另一个时代的另一个大钟亭，但这又何妨？假如她与我同龄，经历相似，我还能对她说什么呢？

定了定神，我不想让自己走得太远，因为我知道并不是所有南京女孩都可以领我回家，回到心中的故园；而无论她对我的这份情感是否接受，是否理解，我都只能亦步亦趋地跟着她走下去。与其说走回童年，不如说将童年世界唤醒，让钟声与蝴蝶一同飞回来，果真如此，那将是神灵恩赐——生命中再没有比这更大的喜悦！

可辛静毕竟是辛静，她真的让我的心灵享受到从未有过的宁静，她欣喜地望着我，像欣赏博物馆里的一头恐龙。我喜欢这种感觉，两个相距遥远的时代一旦重合，星空便绽放出神奇的光焰，我愿像恐龙一样把头埋在地里饮水思源，再像恐龙一样抬起头来看看天，我看见我的故乡依然饱含着神灵祝福，看见故人身影在现实中重现。于是我亲吻她，她像故乡一样接受我的情感，在她鲜嫩柔软的双唇上，我触到了我的童年。我知道这一切稍纵即逝，不敢挥霍，只有静心回忆，让回忆乘上大海船，在茫无边际的时光与意识中任意漂泊漂移。也不知是她跟着我去陌生世界旅行，还是我从她身上找回失却的记忆；而从她身上发现的往事都沾满清新朝露，尽管对此她一无所知。

不过我想闻琴三姐妹对父亲的感情要复杂得多，我接着说，从日后闻琴战战兢兢的样子就可以看出，但她自己从来不说。

对父亲，她只字不提。好像别人都有一个真实的父亲，而她只有一个想象中的父亲；这个父亲看似离她很远，却已然嵌入并深刻影响到她每天的生活。想想她父亲回来的那些日子，三姐妹各自怀着不同的心情，我想，她们一定比康茂才的三个女儿想得更多，心里更痛苦。不过比起她们家小房间的两位老人来，她们一家还算是很幸运的——

还记得我刚才说到的小房间传来的哭声吗？自从那天起，在我印象中，那哭声就没有断过，忽忽悠悠，像枯枝在寒风里呻吟。说起来那又是另一段故事：

原先的大钟新村有一扇黑色的大门，门板摇摇晃晃，大门中间又开了一扇小门，里面上了铜锁。通常大门是开着的，一进门是一条一米多宽的青石路，路基高出地面，路面光滑平整，尤其是雨雪天，青石水淋淋、亮晶晶的。一进大门就可以看见两行白杨树，闻琴家就在大门南侧，大房间朝南，小房间朝北。闻琴家住大房间，小房间里住着两个老人，进进出出的人们都能看见他们家里的情景：老太太躺在床上，盖着白床单，白发蓬乱，身体浮肿，面孔模糊不清；老先生站在一边，俯身望着，穿一件宽松的白袍，头发像一堆残雪，眼睛乌亮，满脸惶恐，动作小心翼翼，看什么都很专注。我进出大门的时候，总能隔着玻璃，看见这幕场景，甚至能听见里面断断续续的哭泣与呻吟，那是老太太的哭声。听房门老头说：“耿老太太中风瘫痪了，耿老头有钱也没用。”他说的耿老头便是国际知名的植物分类学家耿以礼，又被村里人叫作“三百三”，因为作为全国为数不多的一级教授，月薪三百三。当时我们见到他的时候，耿先生已是风烛残年。他们家住的小房间总是阴森森的，玻璃窗永远是关着的，里面的两个人影像蜡像一样苍白。尽管如此，他们家仍是全村议论的焦点，有人说不久前从他们家搜出一根皮鞭。自从我听说这个消息，再经过他们家窗前，总幻想着站在那里的白发老人，挥动皮鞭的可怕情景。以后，不知过了多久，耿以礼夫妇便永远消失了。小房间空了一阵，不久就搬来了一户姓郎的人家，男主人是校篮球队的，个子很高，大眼睛，大鼻子，他一来便砍掉了那棵桃树，并将门前的一片空地用铁丝网围起来，变成了他们家的小院，并在院子里种了一些青菜。院子里还住着一位“三百三”，名叫陈铨，印象中是一位剃着光头的驼背老人，戴着一副发黄的旧眼镜，穿一件蓝棉袄，棉袄上都是油；总是背着手，伸着头，在院子里走来走去，像一只大海龟，脸圆圆的，满脸黑胡茬。谁知这位陈铨，是中国研究日耳曼文学的先驱者，早年留德回国，从事翻译、创作。抗战期间，他的话剧《野玫瑰》曾在陪都重庆轰动一时，其中的“野玫瑰”是秦怡演的，说的是一个国民党女特工，在沦陷区设计除汉奸的故事。而谁承想时过境迁，那朵“野玫瑰”和她的作者，一同在时代的风暴中默默凋零了。

另一位外文系德语专业的教授名叫贺良，住在前三栋的一个小房间（我不知道陈铨先生住在哪里，他整天在院子里游荡），就一个人，我从没见过他的妻子、儿女。印象中，贺先生总是哭丧着脸，一直低着头。一天早晨，外面下着大雪，我推开窗户，看见贺先生一个人站在雪地里，右手拿着一本红宝书，在毛主席像前低头认罪。毛主席像画在灰蓝色的墙头。等雪停了，贺先生就一个人，弓着背，低着头，挥动一把大竹扫帚，在毛主席像前扫雪。那天的雪地里只有他一个人，四周白茫茫一片，每家每户都关着门窗。

柯象峰先生住在我们家的后一栋楼，他是外文系英语专业的教授。我很小的时候他已是满脸白胡子，人长得胖胖的，戴着一副黑边眼镜，样子有点凶。他们家好像人很多，都挤在一间小房间里；原先的大房间被外文系法文专业的一个青年教师占据，那人的儿子是个哑巴。柯象峰的儿子和孙子都长得健壮高大，孙子柯蒙是我的好朋友，比我小两三岁，人很忠厚，皮肤白白的，力气非常大。柯蒙的父亲满脸大胡子，头发是竖着的，曾经跟不知什么人打过一架，拳头上都是血。我从二楼小房间的窗口正好看见，他挺着胸，威风凛凛，像头狮子，眼睛都红了。可是即便如此，在我印象中，柯象峰一家在大钟新村没过过一天安宁日子——连我们小孩儿都在唱：

柯象峰从大钟新村滚出去，
滚出去！
柯象峰是党内最大的走资派……

那首歌不知谁编的，非常难听，但我们小时候都唱得起劲，根本不知道什么意思，也不知这歌会对人家造成怎样的伤害。想来羞愧，我们那时候，整天像做梦一样。

没过多少年，村里的老人们一个接一个地相继离世，直到多年以后，在课堂或书本里，重新发现他们的名字。回想起来当时的大钟新村至今仍是个未知世界——虽然现实中已经不复存在，但依然可以凭记忆去搜寻许多珍贵的经历，这一切都有关心灵体验。很难想象这些老人们临终前的心情，以及他们的孩子当时忍受的苦楚，而我和身边大多数孩子却好像生活在另一个世界：不知是父母用他们的身心挡住了风寒，还是孩子天生就像小动物一样属于自然世界；当时我离现实世界隔着层层幻觉，总有薄雾轻纱或颤抖的阳光从模糊不清的脑海中不断涌现，分不清时间先后，也不知梦想与真实有什么区别，就连恐惧和寂寞也悠悠荡荡，圣歌在心中回旋——

南京大学有一座幽暗的大礼堂，旁边都是树，老式的雕花屋檐和深灰色的砖墙上布满了爬山虎，上几级石阶进入一个大木门，里面都是褐色的长条木椅，只有座位号，没有间隔，礼堂中间有四根红木柱。台上亮着灯，几位领导在上面做报告，下面座无虚席，场内鸦雀无声。我跪在椅子上，往前看是黑压压的人头，往回看，是一张张被灯光打亮的严肃的面孔。父亲轻轻告诉我：“别作声，是新来的党委书记。”那女人的声音慷慨激昂，在整个大厅里回荡，四周站满了人，人群像爬山虎一样贴在窗口和墙上。这时，忽然有一个红卫兵走到台上，悄悄地和正在做报告的党委书记说了几句话。而后，台上的领导互相商量了一下，彼此点了点头，就听书记说："下面请宣传队的红小兵给大家表演！"话音未落，全场立刻爆发出热烈的掌声。一队涂着胭脂、口红，身穿天蓝色短裙的红小兵随即走上舞台，每人手里拿着一朵向日葵。我一眼就看见大姐宝宝站在上面，她们一边挥舞着向日葵，一边唱道：

长江滚滚向东方，
葵花朵朵向太阳……

唱到这两句的时候，台上的女孩都弯下了腰……我跟大人们一起拼命鼓掌，掌声中，台上的灯光更亮了，整个会场沉浸在一片幸福的海洋里。

那天演出大获成功，那是我们大钟新村红小兵宣传队表演的节目。事后我才知道为什么前一阵宝宝总是在家里练习弯腰。让我和贝贝扶着她的腰。她仰面弯下去，用双手撑着地，等我们把手松开之后，她还能坚持好久。有时候，我会拍拍她的肚子，她的肚子硬硬的，很有劲。葵花是我们帮她一起画的，用蜡笔画在硬纸板上，硬纸板背面穿着松紧带，手指可以套在里面。宝宝教我说，葵花要画成金黄色的才好看，用红色涂在黄色上，就是金黄色的，后来我一直记得。

姐姐经常参加宣传队的演出，每次都很重视，只要是住在前楼的宣传队长姚涧云叫一声，她们就立刻跑去排练，经常很晚才回来。还有一次演出是在我们大钟亭小学的露天舞台，宝宝她们十多个女孩穿着白衬衫、蓝裤子，一手持一朵大红花，侧着身子，挥动着手臂，高声唱道：

最响亮的歌是《东方红》，
最伟大的领袖是毛泽东，
毛泽东啊毛泽东，
您是各族人民心中的太阳，
您的光辉思想是我们的方向……
毛泽东啊毛泽东，
我们永远热爱您，伟大的领袖毛泽东，
我们永远忠于您，伟大的领袖毛泽东！

这样的歌我们都会唱，在音乐课上，在一次次节日庆祝活动中，在放学回家的路上，唱着这样的歌，心里有一种说不出的幸福，即便是小孩也会陷入迷狂，沉浸在一种忘我的喜乐之中。

我们小学班里有两个女生，一个叫金萍，一个叫金莉，长得都不算太漂亮，可她们无形中却成了每个人心中的偶像。因为有一次儿童节演节目，她们两人表演了一个双人歌舞，《北京的金山上》：

北京的金山上光芒照四方，
毛主席就是那金色的太阳，
多么温暖，多么慈祥，
把我们农奴的心儿照亮，
我们迈步走在
社会主义幸福的大道上，
哎，巴扎嘿！

当时金萍和金莉都扎着长辫子，金萍穿一件黄毛衣，金莉穿一件绿毛衣。金萍的黄毛衣颜色我更喜欢，但是用平针织的；而金莉的绿毛衣上，挂着几个绿色的绒线球，她跳舞的时候，绒球也在她胸前跳动，神气极了。尤其是她们唱到“多么温暖，多么慈祥”的时候，伸出双手，抖动双肩，灵巧地晃动着脑袋，光彩照人。两人难分高下，但因为金莉笑起来，脸上有两个酒窝，而金萍没有，所以在我心目中，金莉占了上风。那时候，许多孩子笑起来，脸上都有酒窝，一个或两个，不知为什么，这种长相近年来不多见了。相信吗？我们小时候的许多感情都是和对伟大领袖的感情结合在一起的。

你听说过“早请示，晚汇报”吗？每天早晚，大人孩子们都站在门洞里的楼梯上，以家庭为单位，向毛主席“早请示，晚汇报”。毛主席像挂在正前方的墙上。门洞里有19层楼梯，先上12层，转弯后再上7层，我们经常从楼梯上往下跳，最厉害的时候可以从10层楼梯上，一下子跳下去，楼梯旁边的扶手就是我们的天然滑梯，我们下楼经常是从扶手上直接滑下去。楼梯的南面有一个很大的窗台，连着玻璃窗，窗框和楼梯扶手的上端之间搭着两三根长竹竿，是晾衣服用的，当然，“早请示，晚汇报”的时候，衣服都要收掉。我不记得大人们在那时候说什么，做什么了，可能他们自己也不清楚，但当时的情景给我留下深刻印象：

清早，阳光从南面的大玻璃窗照进来，把楼梯上的人影拉得长长的，投在墙上的毛主席像前；人影像水草一样，在晨光里摇晃。暗红的楼梯和白色的石灰墙光影斑驳，毛主席在墙上微笑，他终于进入了千家万户，成了中国人生活中的重要组成部分。但问题并不那么简单，我站在毛主席像前，总是东张西望，我惊讶地发现身边的每个人表情都不一样：对门的阿鉴姐姐总是目光虔诚、热切，每一次都瞪大了眼睛，目不转睛地注视着毛主席像，仿佛心中有“热情的话儿”要对主席讲；而楼下新搬来的钱家的大儿子钱小琦却总是阴沉着脸，头也不抬，看谁都充满厌恶的表情，好像头顶的毛主席像并不存在。他刚从监狱里出来，传说是因为“生活问题”。有一次“早请示”，他出门晃了一下就回去了，我看见他两眼通红，布满血丝，硬硬的短发全都竖着，胡子刮得干干净净，脸色铁青，胳膊上长着黑黑的卷毛。而身边的爸爸总是表情木然，和在家里判若两人，好像心事重重的样子，但从来不说。奶奶总是闭着眼睛，像是在念经祷告……再一回头，太阳已经升高，窗顶白杨树的叶子在阳光里轻轻摇晃，秋天的早晨，远处传来蟋蟀和青蛙的鸣叫声。这时楼道里亮堂堂的，参差不齐的人群齐声唱道：

敬爱的毛主席，敬爱的毛主席，
您是我们心中的红太阳，
您是我们心中的红太阳。
我们有多少热情的话儿要对您讲，
我们有多少热情的歌儿要对您唱。
千万颗红心向着北京，
千万张笑脸迎着红太阳，
敬祝领袖毛主席万寿无疆，
敬祝领袖毛主席万寿无疆……

唱完歌，人们各自回家，而我则下楼，跑到院子里几处熟悉的角落去捉蛐蛐了。

这是“早请示”，“晚汇报”却是另一番情形：同样的一群人在同一个楼道里面对同一张毛主席像，人的心情和气氛全都不一样了，可能是因为天黑了的缘故——天一黑，人的心情便沉重起来，尤其是面对毛主席像。如果说“早请示”是表忠心、表决心，那么“晚汇报”则是忏悔、赎罪了。楼道里只有一盏白炽灯，高悬在天花板上，白铁灯罩已经生锈，灯光昏黄，人们站在阴暗的楼梯上，看不清彼此的脸，黑暗之中，有人提议点蜡烛，不一会儿，高高低低的黑影低着头，胸前贴着红宝书。人影中有我，我在发抖。因为那天晚上，我一时找不到《毛主席语录》，就拿了一本英文版的《毛泽东选集》代替，也是红皮书，别人看不出来，但我自己心里很慌，怕被发现之后别人说我不忠。而偷偷看看两边，每个人都低着头，但那天晚上分分秒秒都特别漫长。窗外北风呼啸，我分不清是冷得发抖还是吓得发抖。而事后居然没有人发现，我很得意，感觉自己经历了一次孤独的冒险。

这一切都发生在这间屋子下面的那个空间，那里确实存在过一幢黄墙蓝瓦的小楼，暗红的木楼梯，明亮的玻璃窗、绿莹莹的纱窗，一户户的人家……我们住在二楼，朝南的大房间窗口有一棵高大的白杨树；窗口伸出两根长竹竿，架在树枝上晾衣服，衣服收回来的时候上面常粘着几片树叶……这一切都不存在了？我不信。

时候不早了，你先睡一会儿，晚上还要上夜班。

“我不困。”辛静说，“晚上听你接着说……”她说着，已经迷迷糊糊地睡着了。

我坐在她身边，掀开窗帘的一角，天已经黑了。

十

你听过这首歌吗？——

红领巾啊你飘在我的前胸，
比桃花还艳，比火焰更红。
戴着你，我心里充满幸福，
戴着你，我感到无上光荣。
戴着你，我想起革命先烈，
是他们用鲜血，把你染红……

唱这首歌的时候，红旗在前面引路，一群少先队员穿着白衬衫，蓝裤子，走在清明雨中，后面的同学举着我们自己用锡纸和白花做成的花圈。每年清明，南京市所有的中小学生都要组织去雨花台凭吊革命烈士墓。老师告诉我们：雨花台曾是国民党杀害共产党人和进步青年的刑场，有十多万烈士的遗骨埋葬在那里，每一粒雨花石，都是革命烈士的鲜血染红。

“清明时节雨纷纷，路上行人欲断魂。”我们唱着《红领巾之歌》，便能驱散阴霾，雨花台就是我们的圣地，我们去祭典革命烈士的亡灵，从心底里感激他们，怀念他们，深信我们今天的幸福生活，是他们用鲜血和生命换来的。

当时的南京城总是烟笼雾绕，到处都是绿树、池塘和林立的小楼。我们步行穿过大街小巷，行人和车辆都纷纷让路，让我们真正感觉到自己是新社会的小主人翁，生长在这片土地，这个神圣国度，心里无比幸福。

沿着雨水淋湿的石子路走上山坡，山岗上的情景，如小海诗云：

雾重天阴低云浓，满山松柏绿烟中。
沾衣欲湿杏花雨，吹面不寒杨柳风。[①]

这时，我们的心情半喜半忧，既轻快又沉重：喜的是一年一度，我们又来到了这片魂牵梦萦的圣地；忧的是这里的红土山岗，埋葬着无数革命先烈的忠魂遗骨。眼前的苍松翠柏和细雨之中少先队员的身影令人心旷神怡，走在这样的队伍中，内心的喜悦如甘泉细细涌流。而抚今追昔，感到自己任重道远，每走一步，

① 这是小海抄给我的诗，他忘了出处。我日后才发现，前两句是小海自己的创作，后两句引自南宋诗僧志南的诗句：“古木阴中系短篷，杖藜扶我过桥东。沾衣欲湿杏花雨，吹面不寒杨柳风。”

都踏着先烈的血迹，心里又觉得沉甸甸的……

“死难烈士永垂不朽”的纪念碑坐落在高处的一片松林之中，走上石阶，心情庄严、凝重，除了脚步声，就只能听见红旗在微风中轻轻飘动。来到纪念碑下，先向革命烈士敬献花圈，然后默哀三分钟，抬起头来，纪念碑已在雨水和泪水之中模糊不清……松涛阵阵……

离开纪念碑，走进烈士纪念馆，重温恽代英、邓中夏、郭纲林等革命烈士的英雄事迹。一年一度，我们对烈士的崇敬历久弥新，烈士们生前的黑白照片既亲切又肃穆……

午后，天放晴了，每次都是这样。有一小时时间，我们可以自由活动。一群人在红土山岗上散开，吃着自带的干粮，都是些烧饼、油条或蒸饭，味道特别香。但有一个名叫崔业宏的同学，有一次竟带了两根香肠，被老师发现，批评了好几年，以后每次动员去雨花台，都要拿这件事来教育我们：艰苦朴素不能忘！

边吃干粮，边捡雨花石，是我们一年最幸福的时光。虽然只有一小时，但雨过天晴，春天的阳光洒在遍地砾石的红土山岗。我们随手就可以捡到晶莹透明的雨花石，有时幸运的同学，还能捡到一颗玛瑙，回来以后养在玻璃瓶里，搁在窗台上。虽然那些雨花石日后都不见了，但它们仿佛已嵌入我的生命，让我相信，这世上必定存在一种像灵魂一样美好的东西，比生命更长久，并且可以一代代传下去。

十一

雨花台是我们童年时去过的最远的地方，那时候，我们就好像是到了另外一个世界，尤其是经过一段残破的城墙，墙外的山岗露出层层鹅黄的山岩。那里的人脸色灰白，印象中，都穿着蓝布衣衫，从自行车上下来，羡慕地望着我们。我们骄傲地从他们身边走过，走进苍松翠柏。在雨花台，我们真正做过一场大梦。

有一段时间，父母带着两个姐姐下乡劳动去了，只剩我和奶奶在家。奶奶习惯住在小房间，我一个人在大房间。早晨醒来，空荡荡的房间里，白色的布帘在阳光里飘浮。像许多人的家里一样，我们的大房间也是用一块帘幕隔成两间，外面是爸爸、妈妈的办公室：两张木桌拼在一起，所有桌椅、板凳、书架和床，上面都印着“南京大学”的字样，都是从学校租的。帘幕里有三张床，两张竖着，一张横着，竖着的两张床之间，放着一摞木箱和皮箱，有些从来没有打开过。平时父母在家，我总跑到外面去玩，现在他们都走了，我突然觉得空空的大房间像野外一样自由辽阔，想干什么就干什么。早晨起来在床上翻跟斗，然后大叫两声，赤脚跳下床，打开妈妈从苏联带回来的大留声机，翻出一些听不懂的俄文唱片，先听一段俄文，再放好听的音乐。边听音乐，边翻箱倒柜，我发现了一个秘密世界！这时，我首先想到闻琴，为什么不请她来呢？

那是个春天的早晨，奶奶正在楼下和梁奶奶聊天，她们身体都不好，难得在外面碰见，说起来总是没完，索性找了两把竹椅，坐在树荫下叙谈。闻琴那天也一个人在家，正闷闷不乐，我去请她来我们家，她非常高兴。我们从奶奶身后一溜烟跑进门洞，谁也没看见。这样整个上午，两间空空的房间和一个家都是我们的了：那时候，一个上午比现在长很多，白杨树刚刚发芽，嫩叶在黑树枝上摇动；我们先是站在窗口，看看外面的树木和整个院子，然后关上窗，开始听唱片。有许多落灰的硬纸壳唱片盒藏在书架底下的一块布帘后面，我们一盒盒地搬出来，都是胶木的 78 转和 33 转的苏联唱片，很沉很沉，有些都压碎了。在一些交响曲中，我们翻出一张奇怪的印度唱片，唱片套上画着载歌载舞的印度小人：男人留着胡须，穿着花衬衫；姑娘的连衣裙领口开得很低。我们先听了几张交响乐，乐曲雄壮嘹亮，但我们听不懂。过了一会儿，我说："听听这张！"闻琴点点头。于是我们就听见了花花绿绿的印度音乐：在一种拨弦乐器的伴奏下，成群的印度小人儿在阳光灿烂的大房间里回旋，他们的身影飘飘荡荡，映在白布帘上，像放电影一样。我们几乎看见了那踢踏闪亮的小皮靴，印度姑娘的大眼睛、花裙子，还有眉心那一点红痣……那份快乐无可言说，只记得白云在绿树和蓝瓦上穿行，房间忽明忽暗；我们并没有随着乐曲蹦蹦跳跳，而是并排坐在留声机前，紧握双手，闭上眼睛，让世间美景从眼前尽情流逝。

然后我们就翻箱倒柜，躲到白帘子后面，两人“一二三”把一个个大木箱和皮箱抬下来，一个个打开。我们从最底层的红木箱开始，掀开木盖，一股浓香溢出，如陈年老酒，然后就看见几件压皱的丝绸衬衣，上面锈着精致的小花；还有一件蓝色旗袍，印着几只金蝴蝶——那种蝴蝶我们从没见过，翅膀上粘满金粉，长长的黑须中间，夹着一根细长的金线。下面是几件黑色短裙，还有揉成一团的肉色丝袜——我们一人拽着一头，可以拉得很长，好像有一只空心腿藏在里面，那条腿越来越细……还有一双女式皮手套，上面布满裂纹，里面可以翻出银亮细密的绒毛，是兔毛或羊毛。再下面是几件缎面皮袄，翻开一看，是虎皮或豹皮，摸上去光滑细腻，但颜色已经发暗，并有虫蛀的痕迹……我们一件件抖出这些“细软”，再放进去时，已无法回复原位，只能凭着记忆硬塞回去。合上箱子盖，两个人呆呆地在上面坐了一会儿，背靠背，彼此都能听见“咚咚”的心跳。一定还有更多宝贝！我想，于是定了定神之后，我们又打开另一只黑皮箱：那只老箱子皱巴巴的，像是经历过长年的日晒雨淋，一只老虎脸似的圆圆的黑锁已经生锈，用手一掰就开了。掀开变了形的黑箱盖，在一叠叠灰暗的棉衣中，我们一眼就看见角落里塞着一个红布包，打开一看，里面是一堆白花花的贝壳，大大小小，奇形怪状的，我挑了一只小海螺送给闻琴，她犹豫了一下，就把小海螺装进红色灯芯绒的外衣口袋。

那天上午，最激动人心的还在后面——当我们打开一只棕色皮包，才发现里面藏着一个理想世界！那是妈妈从苏联带回来的许多明信片，足足有好几百张，各式各样的，每一张都展现了一片新天地，那是我们从未见过，甚至无法想象的世界：各式各样的小人穿着五颜六色的民族服装手拉手围成一圈，中间有一个奇妙的图案，共有红、绿、黄、蓝、紫五种颜色，上面是一行俄文字，我们只认识“1957”；一幢大理石的建筑，中间四根玉柱，高大透明的玻璃窗拉着白纱窗帘，拱形的窗框上雕刻着花纹，列宁铜像矗立在门前的小花园里，鲜花盛开，绿树掩映；碧水之上的浮桥，天蓝、墨绿的汽车在桥上行进，后面是一座暗红的尖顶教堂，教堂顶着一颗鲜红的五角星，一面红旗隐约飘扬在淡淡的白云里，插在远处一座华丽的大殿上，水面用俄文写着几个金字，我们只认识一个“！”；一座老式磨坊坐落在白桦林间的碧草之上，棕色的木墙，尖尖的屋顶，几个金发姑娘扎着天蓝色的头巾走在草地上……瑞雪纷飞的蓝色夜晚，一座尖顶的城堡灯火辉煌，红五星在雪夜放光，城堡像是建筑在落雪的松枝上，让人自然想起一部阿尔巴尼亚彩色电影《创伤》，其中有位诗人在圣诞节即兴朗诵道：

兴高采烈的小松树啊，
大雪染白了你的睫毛，
雪花像白蝴蝶一样在你身边飞舞……

一群少年儿童身穿白衬衣、戴着红领巾，低头站在一棵参天古树下；一个戴帽子的白胡子老头正在给他们讲课，身后有一座洁白的大房子，绿色房顶上站着几只小鸟，星星点点的鲜花在他们四周的草地上开放……

森林里空无一人，落叶遍地，残雪覆盖着一张棕色木椅，林间洒满早春的阳光，一些黑树枝上的新叶，青绿嫩黄……一排苏联小姑娘手拉手，在舞台上谢幕，布景暗红，脚灯打亮她们黑色的小皮靴和带花边的彩色长裙，宽松的白衬衫好像被风鼓起来；几个孩子弯腰鞠躬，几个孩子手拉手挺起胸膛，皮肤是粉红色的……

青灰的天，青灰色的宫殿，圆球形屋宇带着尖尖的屋顶，很像我们吃的一种小圆饼干上粘着的彩色的糖……一个牧童坐在牧场上写字，身边一只草帽，三只小羊，背后是一片墨绿的农庄……一位忧伤的老人坐在黄昏的树荫下拉着大提琴，头戴树叶编织的花冠，背靠一棵古树，旁边一个男孩正侧耳倾听，同时正用一根羽毛笔记下乐谱，那似乎是一首中世纪的民间乐曲……

屋里没有人，墙上的镜框里，圣母抱着圣婴，旁边的几个小镜框里，婴儿生出翅膀，下面是一张蓝色天鹅绒的沙发和一只摆满精装书籍的小书架，沙发旁的小圆桌上搁着一盏台灯，白瓷灯罩上印着彩色花纹，屋里没有人，却能感觉到主人的存在……

古战场上，头戴盔甲的骑士在马上默哀，手提带血的宝剑，战马在夕阳里啸啸哀鸣，残阳如血，漆黑的乌鸦在尸体上徘徊……

不知是凌晨还是傍晚，一个姑娘坐在凌乱的床上睁大了眼睛，流露出恐慌和担忧的神情，墙上挂着一个青年军官的画像，那个姑娘满头卷发，像卓雅一样美丽……

我们又发现一个硬纸本，上面写着 MOCKBAMOSCOW，拉开一看，小本像手风琴一样自动散开，现出一长串精美的彩色明信片，那是一幢幢富丽堂皇的俄罗斯古典建筑，其中有一幅是红场，我在电影里见过，不过我们从前看的苏联电影《列宁在十月》《列宁在一九一八》都是黑白的，一见这一连串的彩图，我们都惊叫起来，一人拉着一头，将所有画片轻轻展开，在阳光里“放映”——不必细说那些碧蓝的河流、雪白的喷泉、壮丽的宫殿和高高飘扬的红旗，在我们看来，那就是共产主义。

十二

合上那只皱巴巴的黑皮箱，天已经黑了。闻琴已经回家，我还一人呆呆地坐在床上，看着那几只大箱子和里面的那只棕色皮包；在那只皮包里，我还发现了一些妈妈在苏联时拍的照片，都是黑白的，妈妈那种灿烂笑容是我从未见过的：无论是在彼得堡的普希金铜像前，还是在红场，或是在阿芙乐尔号巡洋舰上，妈妈都满面春风，流露出发自内心的幸福和喜悦，身上穿着旗袍或西服、短裙，长发和裙服一起被风吹起来。有的相片上，旁边还站着几个西服革履、风流倜傥的青年……那是妈妈结婚以前。而从我出生后，在我印象中，妈妈就一直穿着蓝布衣服，黑布鞋，浓密的黑发梳齐了，就用黑发卡别在后面，比齐耳的运动头稍长一些。上班和爸爸一样，总是拎着一只黑色的人造革皮包，打开来，里面总有一张《文汇报》，一个棕色带拉链的小皮包和一些好吃的：糖果、瓜子、梅子，偶尔还有用荷叶包着的熟食。妈妈一下班，我和两个姐姐立刻冲出去，争着拉开她的黑包……而爸爸的黑包里总是空空的，一包“南京”牌香烟（或“飞马”“光荣”“大前门”；“牡丹”是难得的，过年才抽“中华”和“大桥”），一盒火柴。不过爸爸给起零用钱来总是很大方，我们可以去门口小店自己买东西。回想起来，当时没有哪一家是富裕的，偶尔有一个“三百三”，他们的处境都很惨。然而，无论是家庭生活，或学校教育，都让我们确信，我们是全世界最幸福的孩子。

你听过摇铃吗？就在大钟新村，“当啷，当啷……”节奏缓慢，门房老头的女儿小茹，总是摇着一只大铃铛发布各种通知。上午10点，一匹白色的高头大马拉着一辆拖车进来，小茹就摇铃通知大家倒垃圾。那匹马总是眯着眼睛，轻轻地甩着头，常有煤灰散在空气中。拿牛奶的时候也摇铃。送牛奶的人十几年如一日，身穿褪色的蓝工作服，胸前印着“为人民服务”，头戴一顶蓝帽子，帽檐总是往上翻着，瞪着一双不知疲倦的牛眼睛，从不说话，总是面带微笑。他骑着一辆加重的长征牌自行车，宽大的后座上挂着两大袋牛奶，是洗白了的帆布袋，掀开来，一边是一斤装的，一边是半斤装的。我们拿到牛奶之后，都立刻将奶瓶倒下来，看其中的气泡：气泡小，说明牛奶装得满；气泡大，说明牛奶装得不足。不知是谁发明的这种检验方法。

不过小铜匠和卖酒酿的来，就不用摇铃了。小铜匠挑着铜匠担子进来，坐在村口的一棵柳树下修锁、补锅，或是给茶壶换底，他总是把白铁皮敲得“当当”响，全村都能听得见。小铜匠是个秃顶，脑壳亮亮的，爱开玩笑，而且话特别多，张家长、李家短的事情他都知道。卖酒酿的是个罗圈腿，走路内八字，脸扁扁的，鼻子通红，像从小吃酒酿长大的。他总是倒骑着一辆三轮车进来，车子很特别，车斗在前面，里面盛满酒缸和瓦罐。一进村，他就敲响竹板，什么也不用说，人们就端着锅碗下来排队买酒酿了。酒酿是5分钱1两粮票一碗。我通常一次买3碗。

无论是小铜匠、卖酒酿的或送牛奶的，还是磨剪子、收破烂或修理棕绷床的，全村都只有一个，十几年不变，而且在我印象中，他们的形象、技艺、谈的话、做的事都从未改变，他们与全村人相处得十分融洽，并成为人们生活中不可或缺的一部分。

外文系有位女教师在写“思想汇报”时就说：“有一天，在门口看见小铜匠在那里用许多外国罐头空壳钉成洋铁罐，心里就想走后门，买点黑市上的罐头和洋货……这种思想要批判……”

刚才说到摇铃，一下就想起了村里的日常生活：就在我翻箱倒柜的那天晚上，小茹摇铃通知：去溧阳劳动的教师都回来了，让大家到南大校门口去迎接。我跟奶奶说了一声就跑去了，跑到南大校门口一看，黑压压一群人聚集在路灯下，拄着拐杖，背着水壶，背后挂着草帽，一大堆行李扔在路旁。所有人都灰头土脸的，识不出谁是谁。一个剃着小平头、头发花白的人站到队伍前面说了几句话，队伍就解散了。拐杖横七竖八地扔在一旁，人都坐在了地上，衣服全湿透了，眼神暗淡无光，伸着腿，弓着腰，靠在墙根或电线杆上，看上去都跟“下放户”一样。

我在人群中窜来窜去，正好撞上妈妈，她穿着蓝布外套，拄着拐杖，脸晒得通红，眼眶发黑，走路慢腾腾的，不仔细看都认不出来了。那是我第一次看见妈妈拄拐杖的样子，觉得好奇怪，像是在演戏一样。回到家里，奶奶问爸爸怎么没回来，妈妈说爸爸有任务，还在果园，两个姐姐也待在那里。我一进门就打开背包，想翻出一点好吃或好玩的东西，可是除了半壶凉水和几块压碎的饼干之外，什么也没有。而我意外发现了一本红封面的硬皮本，上面写着“人民日记”。打开一看，满是蝌蚪一样的小字，有些下面还画了红线，那是妈妈在农场劳动时的读书笔记和开会时的发言记录，我一个字也不认识，内容更不了解，但其中的彩色插图却给我印象深刻：第一页是毛主席穿着草绿色军装站在天安门城楼上，身边围着一群戴红领巾的少年儿童，男孩梳着小分头，女孩扎着蝴蝶结，人人脸上都洋溢着幸福的笑脸，在他们身后还有一根大红柱子和一只红灯笼……中间的插图夹在密密麻麻的小字之间：一片金黄色的稻田，几个农民站在中间，低头摆弄着稻穗，身后有两台收割机，背景是白云蓝天，下面又一行小字：“农民代表参观集体农场”；另一幅是草原、河滩上的羊群，下面写着：“畜牧是我国西北人民的主要事业，图为绥远草原上的羊群”；还有“土改后农民组织的互助组”——几个农民裹着白头巾，在脱粒机上打粮。“人民铁道的伟大胜利”，是一列火车正穿越一道山间桥梁；还有“在粗纱机旁愉快工作的女工”“天津附近的新港”“为实现祖国的社会主义工业化而奋斗的青年工人们”“国庆节游行队伍中的女运动员”“愉快的假日，青年工人在绿水莹洁的湖上划船”……那天晚上，我翻来覆去地欣赏着那个红皮本中的彩色插页，不知不觉睡着了。睁眼时，妈妈正坐在床边……

正说到这里，办公桌旁的指示灯亮了，正是妈妈的床位，我们赶紧跑过去，是盐水挂完了。当辛静换了药水轻轻走回来，我跟在后面，心想：这一夜，妈妈需要有人陪护。于是我又向辛静提出要一张躺椅，她就领我穿过走廊，来到那间堆满桌椅和药品的小仓库。她站在那里四下望着，想挑一张好椅子；我站在旁边，不知哪儿来的冲动，走过去，紧紧抱住她，她没有抗拒，只是顺从……拥抱着一位白衣天使，感觉既是一种冒犯、亵渎，更是一种超脱——在她孩子似的双唇上，我贪婪地亲吻着逝去的一切。

十三

我试图从她身上找回逝去的旧梦，不，只要她在，什么也没有逝去。对我来说，她是一座新城，一段新生的历史，她将我的全部岁月集于一身，并使我相信：旧梦并没有消失，而那曾深藏心底的幸福可以在一夜之间复活，就像古树淋了一场春雨之后突然茂盛；我在故乡遇见这样一个人，她唤醒了我所有记忆；我突然发现过去的一切，连同每一个梦中的每一个细节都重获新生……只要她微笑着走向病人，只要她在深夜仔细倾听，只要她仰望大钟亭，对于故乡，我再没有任何抱怨和惋惜。

想到这些的时候，大钟亭正浸在一场冷雨之中，雨珠挂在黑树枝上，那棵参天银杏，像一位忠贞的卫士，守护着大钟亭。暗红的亭子上，乌蓝的瓦片被雨水淋得发亮，悠悠铜钟挂在雨里，保持着庄严的沉默。辛静坐在我对面，仿佛闻琴再现——闻琴当初就是在这里和我分手的。那时大钟亭旁边没有这些阁楼，只有亭子和树，我们站在遍地银杏的空地上，感觉眼前是一片旷野，四周尽是雨雾，秋天的雨雾是杏黄色的，银杏叶在地上闪光。闻琴穿着一双黑色雨鞋，撑着一把黄色油布伞；我站在雨里，我从小就喜欢淋雨。她说她明天就要去香港，我很为她难受：想象中的香港是一个光怪陆离，充斥着罪恶和危险的地方，满街尽是特务，歌女在酒吧卖唱……我以为闻琴也是这么想的。而那天闻琴的确比我更伤心：她就要离开自己的故乡。我不记得当时她说了些什么，好像什么也没说，只记得那是在放学路上，走到大钟亭门口，她停下来，说要上去看看，我觉得奇怪，就陪她一起上去。那天因为下雨，放学的人群很快散去了。我们站在大钟亭的高地上，听着雨点打在雨伞和树叶上的声音，那是一种轻微的沙沙声，与后来很多年我在北京听见的雨声都不一样：北京的雨来得快去得快，雨声很大，雨点重重地摔碎在泥土或水泥地上；而南京的雨总是轻轻地来，落在树叶或草地上，只听见沙沙声，不像北京的雨哗哗作响。人也一样。而当我和辛静坐在大钟亭的茶楼上，外面的雨一点声音也没有。我翻开一个笔记本，里面夹着小学同学写给我的字条，其中大多是小海写的，还有一些小文人墨客的作品。闻琴写的，只有一首，是她在我们一起去大钟亭的当晚写成的，临走前她送给了我：

蝶恋花

——别大钟亭

秋风习习雨霏霏，枯树残云，遍地银杏碎。

怅望故园山色灰，孤梅一枝迎风醉。

梅花欢喜北国辉，千秋碧血，梅枝颤巍巍。
长忆白雪映红亭，素裹一片待春晖。

辛静念得很轻，我听见闻琴的声音。这时，服务员过来倒茶，我们喝的还是雨花茶，嫩叶在玻璃杯里竖起尖尖的嫩芽。旁边陆陆续续来了一些客人，谈论着五花八门的生意。辛静又重读一遍那张字条，我继续讲述着“时代背景”：

当时读了这首《蝶恋花》，我暗暗吃惊，原来闻琴是个有心人，比我心更重。我一向以为，没有人比我更注重人世间情谊，可当我看到“枯树残云，遍地银杏碎”就觉得惊奇，不像是闻琴写的东西，她怎么会这么伤心呢？读到“千秋碧血”“白雪映红亭”时，我就心痛起来，直到最后一句，我这才恍然大悟：原来这些年，闻琴的心思从没有人真正了解。平时她说话总是怯生生的，说半句留半句，总要看别人脸色；而在她面前，我们也不知哪来的一种骄傲，今天想起来实在惭愧。那时候，我并不了解家庭对一个孩子的影响有多深。其实，一群孩子在一起玩，每个人的家庭会如影随形地跟在后面，甚至参与到他们的游戏中间。而孩子本身也许意识不到，等他们长大了才逐步察觉。很多事情到现在才慢慢醒过味儿来，越想心里越不是滋味：闻琴母亲那副黑边眼镜后面绝望痛苦的表情，还有她“神秘的父亲”对她会有怎样的影响？后来，当我们家也遭受了不幸，对闻琴当初的心思，我才感同身受，但那时她已经去了香港，我们从此失去联系。

从前我们经常赌一些小东西——“饺子”（纸叠的元宝）、弹子、橡皮筋等，这些游戏我都很喜欢，但玩起来总是输，好像一次都没赢过。可我的“本钱”常常越输越多，因为闻琴是我的大后方，所以我输了也不在乎。

弹“饺子”是这么玩的：把“饺子”放在地上，画一条线，两个人一起用手指往前弹三下，嘴里念着：“一弹弹，二老王，三星子，四拿钱。”——三下之后看谁弹得远，谁就赢了，落在后面的人“饺子”就归他。有一次我输得精光，闻琴在旁边看见了，也不说话，第二天她就给我送来满满一塑料袋的“饺子”。她还告诉我，叠的时候如何用发卡，叠起来很省力。后来，别人都已经不玩了，我那儿还有大半袋“饺子”没有输完。

弹子（北方叫“玻璃球”）有很多种玩法，有一种叫“日本圈”，就是画一个不规则的大圆圈，通常是椭圆形的，像个冬瓜，然后大家轮流走，谁将对方的弹子打出圈子，谁就赢了那一颗弹子。我又输了。没想到有一天，闻琴送来许多花心弹子，那是一种跳棋的棋子，玻璃球中心有红、黄、蓝、绿各色花瓣。因为这种弹子太漂亮了，而且容易被打碎，所以我就没再舍得拿去赌，就藏在一个什么地方，后来自己也忘记了。

弹橡皮筋的游戏也很简单，谁弹得远，谁就有权回过头来，瞄准身后地上的那根皮筋弹一下，如果弹中了——看见地上的皮筋一抖，他就赢了这根皮筋。有一次我输惨了，闻琴居然把头上扎辫子的皮筋解下来，她的头发都散开了。

这些小事一说都想起来了，而当时觉得理所当然：闻琴就是这样一个女孩，喜欢和我们一起玩，只要我们带她玩，做什么她都愿意。回想起来，那时天天在一起玩的孩子各自怀着不同的心情和心思。而闻琴的心思我如今才理解，不能不说是我一生的遗憾。

十四

另一个女孩叫玲玲，与我们同岁，是后搬来的。不知从什么时候起，大钟新村的前三幢和后三幢之间，盖起了一幢平房，用红砖砌成，红墙红瓦，看上去朴素大方。房子有前后两个门，两扇门都打开之后，从前门就可以看到后门口的菜地。窗户上装着铁栏杆，里面没有窗帘。住在平房的人家通常喜欢把门窗全都打开，所以我们经过门前，就好像从他们家里穿过一样。平房一共住着七户人家，都是南京大学的后勤职工，与教师之间无形中存在着一些隔阂，就连孩子都能感觉到，但我们并不知道这是为什么。玲玲家就住在平房靠东的第二家，他们家也是三姐妹，玲玲是老二，她的姐姐叫萌萌，妹妹叫燕燕。这三姐妹的长相和性格都很不一样：萌萌很泼辣，凡事争强好胜，但总是吃亏；燕燕动不动就哭，似乎成天受委屈，但只要她一哭，人家就得让着她；玲玲文静漂亮，少言寡语，平时不哭不笑，总是睁大了眼睛观察着周围发生的一切。她们的爸爸是南京大学后勤组的一名司机，样子很凶；妈妈是毛线厂的一名工人，说话声音很大。不知怎么的，她们家好像把全村人都得罪了。大家都在说他们的闲话。而一些男孩儿经过他们家时，总要往窗户里多看几眼。后来，他们家率先挂起了窗帘。玲玲的妈妈勤劳能干，不停地为三个女儿织出各式各样的彩色毛衣；到了夏天，又为她们做成一身又一身的花裙子。她们三姐妹在院子里走来走去，就像三只花蝴蝶，尤其是老大和老三，小小年纪，看人的眼神就有点儿异常。而玲玲似乎成熟得比较晚，什么事情好像都看不明白，但还是睁大了眼睛细看；无论在家里、院子里，或者小学同学中间，她都是一个局外人，什么事都不参与，只是待在旁边看。其实我们也想和她一起玩，但她总是不说话，看见我们，好像在故意回避。印象中，她常常一个人搬着一张竹椅子，坐在她们家门口的一棵石榴树下。

可是不知为什么，她们家总是吵架，不是跟邻居吵，就是自家人互相吵。但无论闹出多大动静，从来听不见玲玲的声音。

有一次，门房小茹和萌萌玩跳绳游戏，萌萌赢了，按规则，小茹要和另一个人一起甩绳子，让萌萌在中间跳，直到她被绳子绊着。可是小茹不肯，就这样吵起来，从两个孩子吵，发展到两家大人吵，吵得不可开交。玲玲妈妈尖厉的声音全村都听得到。而最终结果是，小茹和她的妹妹一起甩着绳子，萌萌在中间得意地跳着，她们故意把绳子甩得忽快忽慢，可萌萌反应敏捷，身轻如燕，总能跟上节奏……许多人都围在旁边看，直到小茹和她妹妹胳膊软了，绳子也瘫软下来，萌萌这才从中间跳出来，在众目睽睽之下，得意洋洋地走开了。那天我也跑去看热闹，人们都把目光聚集在中间，我无意中回头一看，玲玲一个人站在人群之外，泪汪汪地看着一群人围着她的姐姐。

那天萌萌大获全胜，扬眉吐气。但厄运很快就降临到她们三姐妹头上。有一天，她们三人穿着花裙子，高高兴兴地从外面回来，每人嘴里含着一根奶油冰棒，结果被她们的爸爸厉声叫回去，狠狠揍了一顿，此事闹得沸沸扬扬，没有人知道究竟发生了什么。而随后就有传闻，说她们买冰棒的钱是偷来的。从此，这三姐妹的名字就不再叫作萌萌、玲玲和燕燕，而是叫大偷、二偷和三偷。不管她们是否接受，村里人就这么叫开了。从那以后，玲玲就变得更加沉默寡言，目光也变得暗淡、迟钝了。

在小学课堂里发生过两件事情，说来悲惨，这两件事竟是我作为同班同学，对玲玲的全部记忆。有一天，玲玲的同桌丢了一块橡皮，第二天在玲玲的铅笔盒里找到了，于是他大声说："哎呀，你是小偷，偷我橡皮！"玲玲万分委屈，说自己是收拾东西的时候，不小心拿错了，并跑去告诉老师，让老师来评评理。结果老师不冷不热地说了句："有则改之，无则加勉。"而这句话由此传开，日后竟成了一群孩子的口头禅。

另一件事想起来更心酸。玲玲因为个子高，坐在最后一排。我那时坐在前面，总爱回头看，看什么，我也不知道，就觉得玲玲一天比一天好看，而这一点居然没有人发现。别的同学总是把注意力集中在金莉和金萍身上，尤其是金莉，后来参加了乒乓球队，得了冠军，更加引人注目。有一天下午，我们正坐在教室里听报告，玲玲在后面摆弄着自己的裙角，按当时的话说，这叫“做小动作”，不知怎么的，就激怒了老师；一位中年女教师冲过去，猛地从头上脱掉了她的花裙子，她只剩一件短袖衬衫和一条短裤，记得那条短裤是红色的，上面有白色的圆点。后来玲玲就趴在桌上哭，也没人理会，直到放学以后，她被叫到办公室，承认错误之后，才领回了那条花裙子。

多年以后的一次小学同学聚会，我问了好几个同学，居然没有一个人记得这件事，但我相信，玲玲一辈子也不会忘记。这件事和发生在她身上的类似的事情，也许正是她从不参加小学同学聚会的原因。但聚会上，玲玲终于成了一位热点新闻人物：后来她去了香港，嫁了一名富商。她回南京只投资一件事，就是创办了一所贵族幼儿园，让孩子从小接受“贵族式”教育，将来都踏入上流社会。据说，她自己的两个女儿也在其中。我常想：她对女儿倾注了怎样的心愿啊！许多像玲玲一样长大的孩子，经过多年奋斗，赢得荣华富贵，只为抚平自己儿时的创伤，并通过自己的孩子来实现自己从前的梦想；而这一切，他们的孩子是否能够理解，理解了又能怎样？

在平房还没有拆除之前，我曾回大钟新村看过一次，那时后三栋已经拆了，前三幢还剩下一截断墙。院子里的熟人寥寥无几。而那一次，我正好碰见玲玲，她正和几个人站在门口的那棵石榴树下聊天，石榴树枝繁叶茂，结出了殷红的果实。玲玲长发披肩，穿一条白色短裙站在一人群当中，说着一口纯正的普通话（从前我们都说南京话的），从她的言谈举止中，丝毫看不出一点儿从前玲玲的影子。我走到她面前，停下来看看她，她分明也看见了我，但却像不认识一样，继续和别人侃侃而谈。可我已经注意到她的一丝慌乱。我匆匆离开，也没和她说一句话，现在后悔已经来不及了。

后来小海告诉我，前一阵他父亲回国，南京大学派车去接，开车的正是玲玲的父亲，他并不显老，性情也比从前温和多了，还问起小海的情况，并说玲玲现在很不错，不久前刚送他一辆好车。三个女儿都很孝顺。

而现在，小学同学中，我最想见的闻琴，还有玲玲，都见不到了。我常幻想着，假如一切都能重新开始该有多好！

十五

雨丝渐渐明亮起来，夕阳中的云彩挂在银杏树上，大钟亭淋了一场新雨之后焕然一新，茶楼里的茶客，心情也豁然开朗。

“我想听你一直讲下去。”辛静手扶着茶杯轻轻说。我说：“我现在才发现，过去的事越说越多，如果不去细想，好多事就永远石沉大海，好像从没发生过一样。想象一下我和小海捡到的那颗骷髅头，他生前是个什么样的人，经历过哪些事情，交过什么样的朋友，他眼中的世界又是什么样子的……永远没有人知道，再也不会有人知道了，他来到人世间而后离开，就像从没有来过这个世界，茫茫宇宙，除了一颗骷髅之外，没有一丝他留下的痕迹，也没有他的任何音信，没有，再也不会有，永远不会再有……等我们死后，会不会也是这样？科学发展到今天，人类以为自己很强大了，可面对死亡，依然和动物一样束手无策。人们都在强调速度，可有谁关注过星球运转的速度，生命消亡的速度？人们手里只有鞭子，没有缰绳，一心想快马加鞭，只看见自己得到什么，却看不见自己失去了什么。一切都在加速……唉，不说了，费这些口舌，还不如多说点小时候的事情。

“对了，我看过你的日记，不过是工作日记，你不妨再写一本生活日记，一定很精彩，把你经历的事情都记下来。包括现在的分分秒秒，我想，都值得好好珍惜。”

“就是，没准再过一些年，你又和另一个人坐在大钟亭说起我，就像现在跟我说起闻琴和玲玲一样。那会儿你会说些什么呢？”辛静笑道。

“这要看你怎么表现了；我也得表现好一点，免得将来后悔……我要是做错了什么，你现在就告诉我。”

“你做了什么，我怎么知道呀？”

“好吧。”

雨丝渐渐明亮起来，夕阳把云彩挂在银杏树上，那个冬天的黄昏，我们促膝谈心，由衷地感觉到，大钟亭是我们的大钟亭。

十六

说起高兴事来，你知道最让我疯狂痴迷的是什么吗？不是闻琴，也不是玲玲，而是知了和蛐蛐。如果说蝴蝶、蜻蜓、蚂蚱这些我只是看看玩玩而已，而知了和蛐蛐，毫不夸张地说，一度占据了我的整个生命，捉到一只知了或一只非凡的蛐蛐，这个世界上，我再不要什么别的了。这是真的，我起早贪黑，捉知了、逮蛐蛐的身影，全村人都见过，他们可以作证。不过本来是好玩的事情，也无须证明。

在说到我心爱的知了和蛐蛐之前，我先说一点别的作垫场吧，就像泰森和霍利菲尔德出场之前，总有几个轻量级的小家伙出来亮相。回想当年的大钟新村，青山绿树、蓝瓦黄墙，完全是一座自然博物馆，里面各种花草树木、飞鸟、昆虫，应有尽有。假如周围的世界变成现在这个样子，而大钟新村还保持原样，那么我敢肯定，四面八方的人都会赶来这里朝拜，这里的确是另一个世界：

河边有一棵榆树，是野生的，就在小玉家那片蚕豆地的斜坡下面，离水面很近。下雨天，树根全都没在水里。榆树的分叉很低，我们经常爬上去，因为树上有一种会飞的硬壳虫，约一寸长，头上长着两根长辫子，我们叫它“水牯牛”。“水牯牛”是褐色的，背上有些斑纹；也有黑色的，身上布满白色斑点，我们叫它“毒牯牛”，据说是有毒的。“水牯牛”的牙齿很厉害，给它一个蚂蚱，一会儿就吃掉了——嚼蚂蚱腿时，利齿“咔咔”直响，但它们反应迟钝，只要捏住它的两根辫子就能捉住，但注意，一定要同时捏住两根辫子，而且要果断捏在根上，否则它的辫子会自动弯曲，你就会被它狠咬一口。逮住“水牯牛”之后，用一根线拴在它的脖子上，把它往天上一扔，它就“嗡嗡”飞起来，硬硬的翅膀展开，像小直升飞机一样。但它飞不久就停下来，六只利爪会紧紧扒在树枝、纱窗或你的衣服上。最要命的是落在女孩的头发上，这种情形出现过两次，我们听见女孩尖叫，就赶紧跑去救援，揪住“水牯牛”的辫子，将它慢慢摘下来，但难免它的爪子上会残留几根头发。

还有一种甲壳虫，有蚕豆那么大，是乌金色的，我们叫它“金壳郎”，多半停在后山的一棵野杨梅树上。杨梅是鲜红的，味道很甜。我们捉“金壳郎”回来，衣服上总是沾着洗不掉的红浆。“金壳郎”也是用一根线系在它们的脖子上，飞起来画着弧线，像侦察机一样。因为“金壳郎”不咬人，容易捉，又不容易死，所以院子里许多小孩人手一只。

蝌蚪最让人心动，不知它为什么叫这个名字。我的亲身体验就是，看见它们一颗颗地散在水里，心里就发抖，故名“颗抖（蝌蚪）”。因为它们总是在大雨过后的水洼里或河边的泥地中，等雨过天晴才被人发现。我们常常三五成群地围着泥地中的一汪水洼，欣赏小蝌蚪精致优美的姿态，这时太阳从云层里出现，我很担心：水洼晒干了怎么办？所以蝌蚪在我心目中一直是很脆弱、很敏感的小虫，我几乎不敢碰，怕一碰它们就甩着尖尖的小尾巴不动了。而它们圆圆的脑袋特别光滑，我很想摸一摸，可是太小太嫩了。以后的日子里，我经常会想到蝌蚪，当雨水扑打车窗，雨刷不停地摆动，雨点都会像蝌蚪一样顺着车窗颤颤巍巍地往上爬，尤其是在异国他乡的雨夜，在长途旅行中，伴随你的只有满窗的小蝌蚪。后来，北京有位现代派诗人，从前的女友名字就叫蝌蚪，蝌蚪比他更有才华，而且极度敏感，终因感情脆弱而割腕自杀。所以蝌蚪这个名字，提起来，我心里就发抖。不知别人是否也有同样的感受。

皮虫也很无辜，不过它们是害虫，靠吃树叶为生。我们院子里因为树多，到了盛夏或初秋，满院子都挂着皮虫，它们长大之后就用一根丝从树上吊下来，并用树叶和丝缠在一起，为自己织出一个结实柔软的壳，像蚕茧一样。骑车不小心，胸前就会挂上一只皮虫。皮虫命真苦，从树上吊下之后就成了天然食物，许多孩子都把它们一一摘下来，剥开喂鸡。其实大鸡、小鸡天生都会剥皮虫。皮虫是黑色的，柔软短小，身上有一道道金色条纹，如小黑蚕一般。不过皮虫没有脚，只能靠身体蠕动。

要想理解蠕动的“蠕”字，最好的方法就是把一只皮虫剥开，放在手心。

有好多人家养鸡，各家养的鸡各不相同，看见一只鸡，你立刻就能认出这是哪家的：梁奶奶德高望重，她养的鸡个个昂着头，走路很神气；宋叶家的鸡长得又大又壮，但目无表情，因为宋叶有两年待业在家，无所事事，天天喂它们许多磨碎的玉米和剥好的皮虫；我和宝宝、贝贝养的鸡总是东张西望，看什么都很好奇……但无论哪家的鸡，后来都遭遇了同样的厄运——居委会一声令下，不许养鸡，并组织了杀鸡队潜入村里，挥舞着菜刀、木棒，杀得遍地鸡毛和血迹……

还有许多猫和狗，金鱼和刺猬的故事有时间再说，否则就喧宾夺主了。今天我最想跟你细说的，还是知了和蛐蛐，这几乎是我心里隐藏最深的秘密，我还从来没跟别人说起过——

不知从什么时候开始，小海、小毛都被关在家里学习，闻琴也不知走了没有——过去的时间总是模糊不清，缠绕在一起的；那时我突然没有人玩了：我走到小海家窗口，用弹子在玻璃窗上轻轻敲两下；小海抬起头，摆摆手，露出一副苦相，桌上的书本已漫过头顶。而此后，他就一直在那扇寒窗下苦读，直到1981年高考，他一举夺得江苏省理科状元。有诗为证：

语文课上，学《赤壁怀古》，少时已熟，无暇再听，乃仿之填词一首，奈何才疏学浅，勉强成韵，平仄虽再三努力，仍有多处不同，望君指教。

念奴娇·暮闻风雨大作有感

夕阳何在，尽西风，珠帘细雨绵绵。
顾眄南天，暮云低，滚滚浪卷屋檐。
淅沥潇飒，波涛夜惊，势隐竹低松。
孤灯暗陌，断墙斜影匆匆。

却问归燕何方？忆桑梓往事，思绪纷纭。
十载艰辛，堪何用？岂在明朝一试！
莫自悲怆，念来是方长，博览精训。
天空海阔，展翅直上青云。

注：“势隐竹低松”：窗前有几株松竹，为房屋所遮，只露树梢，风起处，竹梢隐没。所以这句意思是，风势隐没了竹梢，吹低了松树。

“孤灯暗陌，断墙斜影匆匆”：窗前小道，有孤灯一盏，幽暗昏黑，断墙残壁上，只见雨中路人斜影，匆匆而过。

以上为小海手稿，原封未动。我相信这首词不是小海一天写成的，其中凝聚着他在小屋苦读多年的感受。正当小海在孤灯下吟诗苦读，我还在窗外逮知了、捉蛐蛐。那断墙斜影，或许就是我，我总是风雨无阻地来叫他出去玩，被他一次次拒绝，只好变成“断墙斜影”——为了知了和蛐蛐。

雨天是知了的节日。南京的雨下得很透，知了一听见雨声就行动起来，用两只小爪子拨开头顶的泥土，一点点爬上来。据说，它们已在土里长了十几年，比我当时的岁数还大些。雨后，树下泥地就现出一个个小洞：有的很浅，洞内狭窄，一看就是蚂蚁或蚯蚓洞；知了洞洞口虽小，但一看就很深，黑洞洞的，用手指或树枝一挑，洞口立刻张开，再拨几下，一只胖胖的土知了就露了出来，它能看见你在看它，就无奈地挥动着小爪子挣扎。这时，你可以将中指和食指尽量伸进洞里，揪住它的小爪子，住上一提，如果顺利，知了就干净利索地被掏出来，身上连一点土都不粘，但这种情形很难得。常常会出现意外，有的知了负隅顽抗，死活不肯出来：你揪住它的爪子它就夹你一下，然后把爪子紧缩回去；你一用力，就会把它最大的一只前爪拔掉，并揪出来，这是一种惨痛的失败。有几次遇到这种情形，我干脆就把知了留在了洞里，因为不完整的土知了，脱了壳也是残废，而且它不能抓牢纱窗，就不能加入我的队伍。还有一种情况更糟，你挑土不慎，泥土掉进洞里，把知了埋在里面，知了就被闷死或压死了。遇到这种情形，最好是拿一把小铲子，从旁边把知了轻轻挖出来。还有一种情况：知了用粘了泥土的鼻子顶着洞口，这样洞口就很难被发现，不过我后来眼睛越练越尖，一眼就能分辨出知了的鼻子和泥土颜色的区别。这时就非常兴奋，而且这种知了已经爬到了最上面，轻轻戳它一下，它就缩回去，露出洞口，再挑开土，有时候，它会自己爬出来，刚出土的知了一时还不能适应阳光、雨水和树叶，就没头没脑地乱爬，像是在黑暗中摸索前进。通常我就把它们托在手掌上。一场大雨过后，最少可以捉到五六只土知了，手上搁不下，就让它们趴在衣服上，它们抓住什么都用力不放——以为是树枝，一放就跌入深渊。到了晚上，庄严的时刻来临：所有知了都被我搁在纱窗上，它们绿豆似的小眼睛开始放光，身上褐色的壳也隐隐发亮，爬着爬着，它们就不动了，陷入沉思，沉思默想；脊背慢慢裂开，露出蛋青色的肉，裂缝越来越大，肉乎乎的后背开始拱出来。这时你千万不能碰它，也不能帮它，最好是看也不要看它，一切都让它独自完成——有一次我嫌它脱壳太慢，就动手帮它把壳剥开，想让它快点出来，但结果事与愿违，它脱壳之后成了残废，翅膀卷曲，缩成一团，再也飞不起来了。只有它自己脱出的翅膀才是直挺挺的——起初是软软的（不能碰，一碰就变形），过几个钟头就硬了，颜色也从蛋青色逐渐转为黑色，黑得发亮，翅膀是透明的。翻开一看，雄的肚子上有一对叫盘，一捏就“吱吱”叫；雌的没有叫盘，尾部有两条竖杠。

夏天的晚上看知了脱壳是我最幸福、最激动的时光。那时，爸爸在灯下写文章，妈妈正埋头补衣裳，宝宝、贝贝和奶奶在小房间做事。我屏住呼吸，看着我的知了一点点挣脱土黄的硬壳，露出细嫩的皮肉，伸直湿漉漉、亮晶晶的翅膀。当一只青嫩的知了抖着银翅浮现在纱窗上，对于夏天、生命、绿树、村庄，我心里都萌生出全新的美妙遐想。知了脱壳就像是我自己脱壳一样，那种痛、那种爽、那种静静的祈祷和盼望，是我一生中独一无二的。尤其是第二天清晨，当阳光透过窗前的层层绿叶照在纱窗上，满窗的知了伸着金光闪闪的翅膀，在阳光里睁开鼓鼓的眼睛，望着窗外的悠悠碧空，我的心情和它们一样。白天我把窗子都打开，翅膀硬的就自己飞走了，留在纱窗上的，我就在它们旁边插几根带绿叶的树枝，不一会儿，它们就把鼻子上的一根长长的吸管插进去，慢慢吮吸……

后三栋的后面，后山与梁奶奶的菜地之间生长着七八棵高大的野树，有梧桐树和白杨树，每棵树都有一个名字，归一个孩子：洛荣的树叫“矮墩墩”，忆高的树叫“细而长”，我的树没有固定的名字，因为我总是爬上不同的树，一待就是一下午。傍晚，一家家的窗户打开，一声声的叫喊在树间回响。我们谁都不愿从树上下来，因为树上的时光比陆地上的空旷、悠长，一下午的时间像整个夏天一样。云从肩上飘过，知了近在眼前，有三种知了发出三种不同的叫声：土知了脱壳之后，“吱吱”地叫；洋知了是青色的，比土知了小，“唧唧”地叫；叫声最好听、也最高贵的知了叫“斯拉雨”，这并不是一个洋名字，而是它发出的声音，“斯拉雨——斯拉雨——斯拉雨——”，像唱歌剧一样。很难在土里捉到洋知了和斯拉雨，捉到也舍不得带回家，因为它们太娇小，在纱窗上不能脱壳，只能把它们放回到树上。斯拉雨在树上唱的时候，人的心情特别好，尤其是在黄昏，斜躺在一根粗大的树枝上，斯拉雨离得很近，感觉自已确实在天上。再看旁边树上的伙伴，一个个像是大树结出的果实，幸福地挂在枝头，得意洋洋……夕阳里总听见奶奶的叫喊：“弟弟——弟弟——”那带着浓重河南口音的喊声和各种知了的叫声交织在一起，一生都在我耳边回荡。

尽管如此，我觉得自己对知了还是很不了解，它们的生死、性格以及它们生命中的突变，都是值得长期研究的课题，而我已经没有机会了，更何况现在想挖到一只土知了或在树上捉到一只会飞的知了，几乎是不可能的事情。

有个成语叫“金蝉脱壳”，这有违我对知了的感情，把知了说得那么狡猾，好像它生来就会设计制造假相，以便逃生。其实那不是逃生，是重生，把原先蜷缩在身体两侧的两个小肉球，再生为一双冲天翼。国人不学学知了的脱胎换骨，却对这“雕虫小技”津津乐道，实在可悲。

不过另一个成语“噤若寒蝉”倒勉强可以接受：知了到了深秋，叫声就不一样了，从热情高唱，转为哀婉沉吟。一听它悲天悯人的叹息，就知道秋天到了。尤其是树叶发黄，并随风飘坠时，再听知了的鸣叫，便心生哀愁。“愁”就是“秋”来到心上。再冷一些，知了就不叫了。告诉你一件伤心事，你可要经得住才行：一个秋天的傍晚，我独自坐在一棵梧桐树上，听着风吹落叶沙沙作响，鹅黄的树叶在夕阳里翻飞，心里正有些感伤，突然我发现了一只大知了静伏在树枝上，一声不响，瞪着两只凸出的圆眼睛，直直地望着我，我也望着它。它看上去比一般的知了大许多，脊背高高突起，雄浑健硕，黝黑放光，翅膀直挺挺地伸展，其中藏着蚕丝一样细密的筋络。看了许久，突然我下意识地伸手一扑——你可知知了是难得扑到的：离它很近它也不飞，因为它不知你是谁，以为你是树或是树上的果实，可一旦你出手侵犯，它会瞬间飞走，比蜻蜓更敏捷，大大出人预料。可是这一次我扑到了，大知了落在我的小手里，可拿起来一看，知了浑身僵硬——它已经死了，身体比活着的时候轻了许多。当时我特别伤心，感觉一个夏天就这样过去了。我的朋友也一个接一个地离开，一点儿声音也没有。所以“噤若寒蝉”这个词我是这么理解的。我想，它的本意也是如此，只是后来人们又加入了一些社会因素，就不那么单纯了。

以后，我又发现了蝉与禅的联系：在《说文解字》中，“蝉”解释为“以旁鸣者”，而“禅”是“祭天地”。在我看来，蝉也是祭天者，尤其是在深秋，刚才那个伤心的故事你已经知道了，以后，我常想起那只被我握在手里的死去的知了，我想它是一位高贵的隐士，在唱完一个夏天之后就悄无声息地隐退了。对于知了的情感引发了我的许多思考，有诗为证：

蝉与禅

封土为坛，除地为禅
而那只蝉振翅飞上树顶，
披着白纱青衣——

夏日悠悠，神坛寂静，
那只蝉在树上发出流水的声音；
流水流云流去光阴，
这高贵的歌者，
幽幽吟唱，悠悠抚琴。

神隐去，以旁鸣者，
在树上隐居。

我的新诗不如小海的旧诗写得好，但是写了新诗就很难再写旧诗了，就像金蝉脱壳之后，就只好飞到树上去唱歌了。

十七

天黑了，我们又回到大钟新村，像小时候回家一样，尽管从前的院落已荡然无存，可在我心目中，一砖一瓦，一草一木都毫发未损。辛静使我静心回忆：逝去的春夏秋冬一并归来，燕子与雪片齐飞，蟋蟀在冬夜沉吟。坐在辛静的绿色房间里，一切都温暖如春。

你知道，我从小有一个梦想，就是能有一只过冬的蛐蛐，很多人说蛐蛐如果在温度合适的情况下就可以过冬，成为常胜将军，但我试过很多次都失败了，包括选最后脱壳的蛐蛐，放在炉子旁边，或是将蛐蛐罐放在温水里，怎么都不行。蛐蛐一过白露，就老了，最多到十月下旬，再棒的蛐蛐也变得老态龙钟，须子慢慢地卷起来，身体开始发黄变硬，然后就不动了。这时候再看窗外：叶落花黄，草木凋零，而这一切，在我看来都是因为知了和蛐蛐离开了人间。相比之下，蛐蛐比知了来得晚，去得也晚，所以当知了销声匿迹之后，我就把主要精力放在了蛐蛐身上。别人通常七月份就开始玩蛐蛐，而我要到八月下旬，因为那时候，蛐蛐个个都比较成熟了，而且分布也相对集中：就在后山下的那片砖头堆里，还有墙缝里和墙根下的一片草丛中。

几乎从有记忆起，我就迷上了蛐蛐，那时候岁数太小，不会逮蛐蛐，也没有逮蛐蛐的权利。当时院子里分为两大阵营，互相斗蛐蛐，就像现在的球队，只是出场的不是人，而是蛐蛐。隔一段时间，交战双方便倾巢出动，互相较量。我和后三栋的几个孩子一起，跟在我们的头头兴梁忆昂后面，忆昂捧着蛐蛐罐走在前头，我们前呼后拥，那情景蔚为壮观。前三栋也是这样，小四走在前面，身后跟着一大群喽喽兵，哇哇乱叫。大家来到一片空地上，人群散开，围成一个圆圈，观战时，除了忆昂和小四之外，谁都不许出声。在蛐蛐开斗之前，先要说出彼此的特征，以免混淆。“我这管二[①]全须全尾，黑头黑翅膀，低八字。”小四说着，轻轻掀开盖子，果然如此。用草一拱，乌紫的八字牙两边分开，紧贴地面，像一把小铲子缓缓前移。“行了。”忆昂说，“我这管小猛二，浑身红铃籽[②]。”于是战斗开始了，忆昂用蛐蛐草把“红铃籽”拨到小四盛着“低八字”的瓦罐里，瓦罐底层垫着一层平整的湿土，这样蛐蛐开斗时，后腿蹬地，会更有劲。那天“红铃籽”与“低八字”的一场鏖战，惊心动魄。“红铃籽”的身子几乎只有“低八字”的一半大，但勇猛高亢，

① 通常刚逮到的蛐蛐放在纸管或竹管里，所以一只也叫一管。称蛐蛐为“二”，因为它有两只尾巴，三尾的是母的，我们就叫“三儿”。“三儿”不会斗，也不开牙。

② 有的蟋蟀，翅膀下有一颗或数颗红色籽粒，我们称之为“红铃籽”。

刚一张开红牙就“吱吱”高叫；“低八字”被惊了一下，犹豫片刻，然后像一只小乌龟一样紧贴着地面，将八字分开的紫牙向前平铲过去。红牙和紫牙绞在一起，两只蛐蛐左右转动着脑袋，调整角度和方位，不仅咬，而且往前冲，一冲一抵，一抵一冲，但毕竟“红铃籽”身体太轻，不住地往后退，可边退边叫，势气高昂。“低八字”已是沙场老将，老沉持重，紫牙锋利；但“红铃籽”初生牛犊，勇猛无畏，志在必得。“低八字”实力雄厚，但信心不足，动作迟疑，且战且退。经过两三分钟的苦战，“低八字”终于败下阵来，晃着长长的须子，像一条乌贼鱼一般落荒而逃。“红铃籽”乘胜追击，一边追，一边叫，叫声像军号一样嘹亮动听……忆昂笑得眼睛眯成一条缝，小四脸色铁青，说：“处死处死，低八字不行了！”说着，伸手将“低八字”捞出瓦罐，狠狠摔在地上。“低八字”的牙都被摔裂了，在地上不停地抽筋。前三栋的一个小孩赶紧将它捡起来，放在手心，捧了回去。许多小孩都跟在他后面，跟在“低八字”后面，那情景悲壮惨烈。小四一个人回家去了，他们家住在前三栋东侧一幢单独的矮平房里。我们欢天喜地地跟在忆昂后面庆祝胜利，一路上，那只“红铃籽”还兴奋地叫个不停……回去以后大家开始总结经验，你知道，我们每次选派“战士”出征，都要经过认真挑选；但这次例外，忆昂没有派出“青麻头”或“紫皮袍”那些“老将军”，而是派出这只刚从山下砖头堆里捉到的“红铃籽”，因为凡是刚捉来的蛐蛐，身上自带一股野劲儿，等放在家里养两天，这种野劲就消失了，“二”就不猛了，所以刚逮来，直接拿去斗是很高明的，以后大家都学会了。

蛐蛐的学问很大，有蛇把门的，蜈蚣把门的和青蛙把门的。蛇把门的我没见过，据说铁路边的老阮在北极阁山上逮到过一只，那年秋天，在远近地区“统吃”[①]。那蛐蛐的牙齿叫“白龇雪牙”，我一直不知道那是什么意思，但常常梦见，梦里的“白龇雪牙”有一种能发出青光的雪亮的牙齿，斗起来不用牙咬，用光刺，那种光里有竹叶青的毒汁……“白龇雪牙，白龇雪牙”……以后我在逮蛐蛐时经常在心里默念，但从没见过一只。不过我见过青蛙把门的，那是后三栋的毛头逮到的，在青蛙洞里，几只青蛙天天守着它，那蛐蛐就跟个小皇帝一样被供着，这就是我对青蛙把门的概念，不是听谁说的，是自然而然形成的。毛头那只青蛙把门的蛐蛐确实厉害，身体扁平，浑身油亮，长着一只青蛙头，一蹦可以蹦到人的胸口。后来我们的阵营分裂了，大家各自为政。毛头那管青蛙把门的称霸了另一个秋天。那年，梁忆昂领着洛荣和我起早贪黑，不知逮了多少形形色色、大大小小的蛐蛐，但一个个都败下阵来，最惨的一次，一只不畏强暴的“青麻头”竟被咬下一条大腿，虽败犹荣。我们也没有把它处死，而是养了起来，并封它为“独腿大王”。后来，它以一条腿战胜了许多无名之辈。

---

① 南京方言，意为无敌手。

小时候欣赏别人斗蛐蛐，到大了跟在忆昂、洛荣后面逮蛐蛐也是一大进步，那时，我帮他们拿着电筒，拎着炉钩（捅出地缝或墙缝里的蛐蛐），或回家端一盆水（浇出地洞里的蛐蛐）。在这个学徒过程中，我确实学到了不少东西，关于蛐蛐的种类、习性以及战斗中的策略、勇气，我都能心领神会。我把别人用功读书的时间都用在了逮蛐蛐上，虽然这造成了我连续两年高考落榜，但至今回想起来丝毫不后悔。而唯一遗憾的是，我积累多年的逮蛐蛐、斗蛐蛐的丰富经验，尤其是对蛐蛐的那份感情眼看就要失传，因为现在的孩子们很少玩蛐蛐，而把大量时间和精力都放在玩电子游戏上面。不知为什么他们喜欢玩假的，不玩真的，等将来我有了孩子一定让他走出虚拟世界，从小接触有灵性的活物。

在所有的昆虫中，我梦见最多的就是蛐蛐，它们经常把我引入一片草丛、或是断墙瓦砾之间，童年时代的情景也由此一幕幕重现，于是我相信，过去的事情一旦你倾注了心血，它就永远属于你。蝴蝶掌握着春天的秘密，蟋蟀掌握着秋天的秘密，一旦你捕捉到它们，春花秋月对你来说从此都有了非常的意义。你有没有见过蛐蛐背上那两扇薄纱一样的翅膀轻轻震动？在我看来，那是不可思议的——人心怎么会不被这样的声音所打动呢？那是上天赐予人类的音乐，那里面既有隆隆战鼓，又有和风细雨，还有缠绵悱恻的夜曲——那是蛐蛐弹琴，你知道，当它们求偶时发出的鸣叫与战斗时完全不同，如潺潺溪水，murmure

地流动——这是一个法文字，形容水声和窃窃私语，我想一定是欧洲的祖先从蟋蟀的弹琴声中学来的。人们可以向蟋蟀学习的还有很多很多，蟋蟀本身有它们自己的世界，一个神秘而深邃的世界，人类还未曾涉足，如果说有一点了解，我相信孩子比大人（包括那些植物学家、昆虫学家）了解得更多。坦率地说，我对世界的一点儿认知，主要是从童年的经验中得来的。我不能眼看着我的宝贵经验失传，所以再跟你透露一点——

蟋蟀的前生叫“白米饭”，形状和蟋蟀差不多，但浑身白白嫩嫩的，还没有坚硬的牙齿和翅膀，像一粒白米饭，因此我们就这么叫它。“白米饭”长到一定的时候就会脱壳，变成蟋蟀。刚脱壳的蟋蟀浑身白乎乎的，蓬松柔软，像刚从面粉堆里爬出来。等过了一两天，就慢慢变黑，有的变红。注意前面说到的“红铃籽”在“白米饭”阶段就已经长在背上，不能增减。你如果养“白米饭”，要小心别碰掉了“红铃籽”。到现在我也不知道“红铃籽”是做什么用的，为什么有的蟋蟀有，有的没有，但无论如何，“红铃籽”很漂亮，就像印度少女眉心的红痣，而且有“红铃籽”的蟋蟀生命力旺盛，斗起来就像红军一样勇猛顽强，通常都能获胜。当然“红铃籽”彼此相遇，就要看谁更英勇善战了。

无论是黑的、红的，只要身上有光就是好蛐蛐，最好是油光发亮。俗话说“好蛐蛐进罐转三圈”，说的就是厉害的蛐蛐，一上战场，须子贴在地上，沿瓦罐边缘横扫一遍，确信没有敌手才安顿下来，否则即刻冲杀。那些一进罐子须子就竖着的，是因为惊魂未定而想逃跑，看上面有没有盖子。蛐蛐的牙齿有白的、红的、紫的，颜色越深越好，越亮越好，翅膀和牙齿都暗淡无光的蛐蛐，必定失败。

蛐蛐的牙齿分得越开越好，最好是“低八字”，如果口开得高，方向是朝上的，就很容易被掀翻。还有一种蛐蛐牙齿是粘在一起的，不能战斗，只能嚼草，这种蛐蛐连观赏价值也没有，因为张不开口，用草拱它，它不开牙，也不会叫。

蛐蛐的长相也很有讲究，通常人们只看它的背面——光滑圆润的脑袋、亮晶晶的翅膀；其实，从它的正前方可以看见一张五观清晰的小脸，就像具体而微的京剧脸谱一样，有黑脸、红脸和白脸，白脸最没出息，黑脸与红脸难分高下。而所有的蛐蛐都是圆脸，另有一种黄脸尖下巴的，长相与蛐蛐相似，身体略微偏黄，它与正宗的蛐蛐的最大区别就是叫声尖厉刺耳，而且不像蛐蛐叫声那样连贯而有节奏，是间歇性的。蛐蛐的叫声是“蛐蛐”，它的叫声是“唧唧”。这种混在蛐蛐种群中的败类，我们叫它“尖嘴猴子”，它在蛐蛐当中，就像猿猴在人群中，尽管相似，但并非同类。蛐蛐只斗不咬人；“尖嘴猴子”只咬人不斗，尖嘴尖牙，咬起人来很疼，而且样子特别难看。如果哪个孩子误将一只“尖嘴猴子”拿来与别人的蟋蟀争斗，那他的蛐蛐生涯便毁于一旦。这种事在我们看来是一生的耻辱。

好蛐蛐通常隐居在草丛深处，偶尔只在深夜或凌晨叫两三声，叫声低沉、庄严，声音传得很远，所以首先要留神倾听，有心才能有耳，耳朵必须特别尖。一大片草丛中，你听一两声便要判断出它的准确方位。有时候，你眼睛看着哪里，就误以为声音是从哪里发出的，所以目光先要开阔一些，然后逐渐缩小。有一次，忆昂半夜被奇异的叫声惊醒，醒来后打着手电，听准了方位，然后脱下衣服，盖在上面。第二天早晨就叫上我和洛荣一起去，那是一片浓密的荆棘丛，忆昂和我们一起先把四周的杂草全都拔掉，留出盖着衣服的那一小片蛐蛐藏身处，然后轻轻从中心拨开高高的野草，准确无误地找到了蛐蛐洞。大约三寸长的洞，只有一个手指粗细的洞口，旁边覆盖着一粒一粒细小的黏土，一看就是蛐蛐自己营造的。这时，需要用左手罩着洞口，右手的无名指插入洞口的另一端，将覆盖在上面的黏土捅破，然后慢慢插入洞内，一点点往左手方向合拢。你会先看见两根须子从洞口冒出来，警觉地晃动，然而仅从这两根须子，仍无法判断是“二”还是“三儿”，这种情况下你只有一网打尽。等须子露出半截时，你需要将两只手猛地合拢，两只蛐蛐就同时被罩在手心当中，这时，手指的指缝一定要合拢，并且稍微用点力气，以免蛐蛐猛地钻出逃逸。当然，手心之间要留出空隙，这样，你就会感觉到一两只小虫在手里爬行，它们并不挣扎，或许以为进入了一个更安全的黑洞。可一旦见光它们就拼命跳。这些步骤稍有闪失，蛐蛐就跳到草丛中，再也不可能找到了，所以刚逮着蛐蛐不能看，这份惊喜要留到空地上，或回到家里，总之要远离草丛，这样才安全。回去放在瓦罐里，捂住罐口，闷一会儿，再将手轻轻移开，这时你才知道你得到的究竟是一份惊喜还是失落——全看这只蛐蛐是什么样子了。至于“三儿”，立刻打发它走。几乎每个孩子都觉得“三儿”长得很丑，小头胖肚子，二尾中间的第三根尾巴长长的像一根刺。

据忆昂讲，那天我们一起逮到的，就是一只“白龇雪牙”。当时忆昂把它放在一只铁罐子里，说其他罐子都会被它咬破，上面盖着一块长方形的压煤板[①]。除了出去跟别人斗蛐蛐，我们一般看不到这只“白龇雪牙”，因此到现在对它的概念还很模糊。每次掀开盖子，必须忆昂亲自动手：轻轻抬起木板，先在铁罐上绕三圈，再慢慢移开。因为蛐蛐见光容易受惊。

在我看来，蛐蛐在昆虫中，好比人在动物中。蛐蛐是昆虫中的灵长，而灵中之灵的是一种米粒大小的蛐蛐，浑身闪着金光，声如金铃，我们叫它“金铃子”，它们也会像蛐蛐一样争斗，但“金铃子”太小又太少，全院子的人一年最多逮着一两只，放在竹筒里养。我自己从没逮到过一只“金铃子”；但在后三栋的文文家里见到过一次，它比蛐蛐更神气、更精致，是蛐蛐的精灵，所以也许应写作“精灵子”。

想在一夜之间说清蛐蛐的全部奥秘是不可能的事情，我这里所说的，不到我真实感受的万分之一。有人说，幸福是一种看不见、说不清的东西，我想蛐蛐也是如此，你看见它，它依然

---

① 从前大家都用煤炉，烧煤基，上煤时需将煤眼对齐，用一块用长方形的木板压下去，把最下面的一块烧尽的煤基尽可能压碎，然后用小铲子从炉膛里掏出煤灰。

在你眼前变幻，游移不定；你逮着它，也无法捕捉到它的奇思妙想；而说出来，总是离心中感受有距离。

每年白露，天空灰白，露水沾湿野草，对我来说这是一年中最感伤的一天，因为白露标志着蛐蛐开始衰老，我小小年纪，已经历了蛐蛐的数代王朝。诗云：

“春江水暖鸭先知”；
秋露草寒，蟋蟀最先知道——
白露，蟋蟀在一夜之间衰老，
它们已无心恋战，却在
草丛深处，幽幽鸣叫。

捉蟋蟀的孩子停住了脚步，
他听出异样的琴声，抬头看看，
晨风灰白，晨星坠落，
茂盛的草叶间沾满白露。
于是，他默默低头，
改变了主意——
让心爱的蟋蟀留在草丛里，
安度深秋……

你一直在听吗？

辛静点点头，这时她正裹着厚厚的被子坐在床上，靠着一只大枕头。她刚刚淋浴，头发湿漉漉的，在台灯下冒着热气，背后的玻璃窗沾满夜露。

十八

我说的这一切都发生在这个院子里，在那些空旷的夏日和秋天，我整天沉浸在知了、蟋蟀的叫声中，却不知周围的世界正发生着巨变。

一天清晨，天刚亮，我就一个人起来，悄悄下楼，顺着蟋蟀的叫声走进我的世界，在后山下的草坡与梁奶奶的菜地之间拨开草丛，翻看着一块块砖石、瓦片。偶尔抬头一看，我惊呆了：原先梁奶奶家的竹篱和竹篱上的牵牛花都不见了，眼前赫然立着一堵灰墙，那种灰砖我从没见过，有三尺长，一尺厚，灰蓝色的，上面粘着新磨的粉末。更可怕的是，在这些灰墙上，插着一片片奇形怪状的玻璃片，阳光一照，玻璃红光闪闪。我倒退两步，倒吸一口凉气……一幅血淋淋的画面挥之不去：一个人越墙而逃，双臂嵌入玻璃……

清晨或傍晚，我站在小房间窗口，一边喝茶，一边望着那道灰墙，玻璃片寒光凛凛。这时我突然发现，后山只剩下半个，一辆挖土机正伸出长长的铁臂，将后山泥土一把一把地抓进一辆辆大卡车……

当时我的脑筋就木了，脑子里一片空白，一空就是好几年。在那段时间里，后山一天天消失，大块大块的泥土坍塌，露出许多白骨、铜钱和碎裂的瓦罐，但再也没有口含雨花石的骷髅了。而对于铜钱、瓦罐我们并不感兴趣，就整天跳在泥里，举起长长的骨头，嘴里唱着“悄悄地进村……”[①]。那些日子，脑海中一片空白，白晃晃的，不知自己是谁，在干什么。

一座红砖大楼就这样从废墟中建立起来，这就是口腔医院现在的病房。从前他们只有一幢旧楼，现在还在，而那座新楼，正是我们从前后山坐落的地方，那些白骨、瓦罐和一串串锈蚀的铜钱是什么年代什么人留下的，没有人知道。人们所能记得的，就是当时大钟新村有一群孩子，从泥土中取出一根根死人骨头，“悄悄地进村……”。

后山消失了，捉蟋蟀的人明显减少，再过一段时间，只剩下我一个人了。一些大人、孩子们都在暗笑，一时间，我成了反面教员。我问了几个比我小一些的孩子，他们偷偷告诉我，家长都让他们不要跟我玩。我不知道为什么，也不在乎。可久而久之，连小海、小毛他们也和我渐渐疏远了，因为他们被天天关在屋里读书，形成了良好习惯，自己也爱学习了，何况前三栋还有两个既聪明又文雅的女孩，一个叫红缨，一个叫牧蕊，

---

① 旋律就是电影《地道战》中鬼子进村时的配乐。

她们整天搬着小凳子，和小海、小毛一起学习。我偶尔经过，只有偷偷绕过去。因为他们看了很多书，像《红岩》《青春之歌》《刘文学》《大刀记》《艳阳天》《东风浩荡》《林海雪原》（对了，忘了告诉你，小海三岁就可以看《参考消息》了，说出来别人也不相信，但我可以作证，这是真的）……这些书我到现在一本也没看过，他们上小学二三年级时，就已经全部通读，并常在一起讨论。我也想加入，但一问三不知，只好灰溜溜地走开，继续逮我心爱的蛐蛐。我常常在草丛中或冬青树下想念闻琴，她那时已经去了香港，杳无音信。经过他们家，我总是往玻璃窗里多看几眼，可是新搬来的住户很凶，瞪着我，以为我不怀好意。

就在我茫茫然不知所措的时候，我认识了一位小朋友，叫小雪，他是我后来在大钟新村认识的最好的一位朋友，比我小四五岁，非常聪明，长得像个小圆球，浑身哪儿都是圆的，整天拖着鼻涕、穿着补丁衣服野在外面，跟我差不多。他的父亲是南京大学物理系的教师，整天端着一把小茶壶转来转去，到处找人下围棋，却找不到对手。对围棋，我一窍不通，也没兴趣，我的兴趣与小雪接近，我斗蛐蛐，他玩蚂蚁，小雪对蚂蚁的兴趣丝毫不亚于我对蛐蛐的兴趣，他可以整天从早到晚进攻一只蚂蚁窝——蹲在一米开外，对着蚂蚁窝扔石子，嘴里念叨着：“诸——诸——”，那是子弹划过天空的声音。和我一样，小雪也是一个人玩，整天像一只肉球一样在蚂蚁窝旁边滚来滚去，自得其乐。有一次，我实在忍不住，就跑过去踢了他一脚，这一踢，我们从此成了好朋友。他帮我逮蛐蛐，我陪他砸蚂蚁，虽年龄差几岁，但玩得如胶似漆。小雪发现了一个秘密，只告诉我一个人：口腔医院的看门老头用一只竹扁晾出好多酱黄豆，就在医院的新房子后面！不由分说，我们这就去偷吃黄豆。而正当我们一人抓一把，抓起香喷喷的酱黄豆时，那个看门老头突然追过来，我们边吃边跑，当然比老头跑得快。我跑在前头，回头一看，小雪满脸酱油，他边跑边笑，边吃边擦嘴的样子，我永远都记得。

可是后来小雪不笑了，一夜之间他好像换了一个人，脸越来越胖，身体浮肿，整个人都变了形。后来才知道，他得了白血病。当时我就知道这种病很严重，但并不知道严重到什么程度。小雪还出来玩，但不再砸蚂蚁，而改成看蚂蚁了，天天在树下看，大大小小的黑头、红头蚂蚁爬来爬去，拖着青虫、皮虫和树上掉落的死知了……我常常陪着他看，看着看着，逐渐对蚂蚁也产生了兴趣。

蚂蚁在辛勤搬家；我和小雪背靠着大树，看看天，看看地，再看看不远处的河水浸在阳光里，金鱼在水里游戏，荷叶间闪着蜻蜓，如古诗云：

江南可采莲，莲叶何田田。
鱼戏莲叶间。鱼戏莲叶东，

鱼戏莲叶西，鱼戏莲叶南，

鱼戏莲叶北……

眼前正是这样的情景。但就在那一天，我和小雪同时发现，河对岸有一群穿着工作服，戴着白口罩的人，正推着一车车的煤渣往河里倾倒。他们在干什么，我们并不清楚，但没过几天，河面越来越窄，对面的人影越来越大，越来越清晰。原来他们在填河建厂，建一座排放大量污水和毒气的化工厂。

可悲的是，没有人都能阻止他们。简陋的厂房迅速搭建起来，化工厂很快开始冒烟，刺鼻的青烟和滚滚黑烟混合在一起。工厂24小时不停地工作，河水日渐污浊，荷叶衰败，死鱼漂满河面。所有这一切都是突然间发生的，等人们再定睛一看，厂房已盖进院子里，屋檐几乎碰到了小四家的屋檐。荷塘只剩下一潭污水，上面漂着花花绿绿的油污，蜻蜓、蝴蝶转眼不见踪影，飞来飞去的，只是蚊虫和苍蝇……一切都发生在一夜之间，人们来不及作出任何反应，木已成舟，山河已不复存在。

紧接着，几辆推土机和压路机冒着黑烟，轰隆隆开进村里。一群戴着白口罩，裹着蓝头巾的陌生人，默不作声地涌进村里，上来就挥动大铁钎，把贯穿全村的石头路全部撬掉，一块块大青石滚得遍地都是（后来都成了武器），一只只蛐蛐从石缝中蹦出来，却没有人理会。我也看呆了，不知他们要干什么，也不知自己该怎么办。

而面对一潭污水，原先爱钓鱼的孩子们，发明了一种“新游戏”：在河边挖一个深坑，里面装满从河里挖出的淤泥，再在上面撒一层土，土上种几棵草，这样的坑叫“陷人坑”。许多来捞鱼虫的人都一脚踏进去。小四难得穿了双“高干鞋”[①]，刚一出门，便双脚踏进了“陷人坑”，淤泥一直漫到膝盖。他脸一红，苦笑着回家，嘴里不停地抱怨：“真不够意思！我什么都告诉你们，你们挖‘陷人坑’也不跟我打声招呼！”

化工厂的烟囱就在小雪家楼下，小四家隔壁，日夜不停地冒着毒烟，我原先不知道这种毒气危害有多大。这一年秋天，楼下的钱小琦逮着一只身体修长的红头蛐蛐，在院子里所向无敌。但小琦并不稀罕，玩了几天就送给我，我如获至宝，精心养在家里，放在奶奶的床底下，没事就打开看看。有一天放学回家，院子里浓烟滚滚，尽是化工厂的黑烟。我回家打开蛐蛐罐，只见那只优美的红头蛐蛐已经肚皮朝天死了，看得出它死前很痛苦，并挣扎了一番。蛐蛐像金鱼一样翻肚皮而死是我头一次见，往常所有的蛐蛐都要等到深秋才慢慢变硬，卷起须子，寿终正寝，死时的姿势和活着一样。而那只红头蛐蛐，显然是中毒而死。

冬天，“忽如一夜春风来，千树万树梨花开”是年复一年，院子里司空见惯的情景。而自从化工厂建立，到了下雪天，所有落雪的树枝上都布满了一个个黑洞，一块块黑斑。烟尘像黑

① 黑色灯芯绒布的鞋面，棕色的塑料底，干部子弟经常穿这种鞋，当时就叫“高干鞋”。

蝴蝶一样夹在雪片之间，雪地上同样千疮百孔。

就在那年冬天，小雪去世了，在我童年的朋友中，小雪第一个离开人间。他的父亲一夜之间头发全白了，以后再也没见过他端着小茶壶找人下围棋的情景，也再没听过他赢棋之后爽朗的笑声。村里也都没了笑声，只听见吵闹声和机器轰鸣。

十九

那些日子，头脑突然木了，整天像游魂一样忽忽悠悠，飘到东飘到西，别人做什么，我也做什么，日子昏昏沉沉，院子里的空气也是这样。经常发生一些奇怪的事情：一群孩子站在那里，低着头，一个也不说话；一个大人站在中间大声呵斥：“不许走，一个也不许走！谁先走就是谁干的！快老实交代！”有两回，我就站在这些低头认罪的孩子们当中，怎么也想不明白自己怎么会落到这步田地：一次是金逑家的一缸金鱼全死了——头天我们围着大水缸观看时，一条条金鱼都还好好的，于是金逑就把我们几个小孩儿全部找来，“一个都不许走，老实交代，是谁下的毒药！”——“毒药”两个字听得我们心惊胆战，头也不敢抬，只敢呆呆地望着自己脚上的凉鞋和墙角的青苔。青苔上有几只蚂蚁，悠闲自在地慢慢爬着，我想，要是能变成蚂蚁就好了。金逑插着水桶腰，还在气势汹汹地逼问，目光喷着火，在我们身上转来转去。我们一直被她训到天黑，回家也不敢说，心里难受了很久。那次小海也在其中，那段时间，连他也没人管了，父母都在乡下劳动，两个哥哥也都插队去了农村，他难得有机会出来玩玩，但一直没碰上什么好事情，残酷的现实使我们成了难兄难弟。

另一次是黄骏被打，不知是谁从背后扇了他一巴掌，他回头一看，一群孩子站在身后。这时正好他爸爸下楼，黄骏便哭着求救，他爸爸就冲过来指着我们的鼻子："不许走，一个都不许走！"我们又一次像木桩一样被一个个钉在那里，动弹不得。尽管事情最终都不了了之，但我们都感觉自己承受了屈辱。

小四似乎能给我们撑腰，我们在他身上看见了希望——正当我们一群人垂头丧气地散落在蚕豆地里、榆树枝头或垃圾箱[①]上，小四一招手："过来，有话跟你们讲！"我们于是纷纷跑过去，听他给我们上课："凡天下大事，合久必分，分久必合。现在形势是这样的：原来毛炉手下的人已经分成三派：计万，三流和二秃疤……"

"毛炉是谁？"我们问。

"你们连毛炉都不晓得啊？"小四摇头叹息，一脸无奈又轻蔑的表情。"毛炉是南京市一霸，已经称霸好几年了。毛炉眼里无狠人，你们还晓得啊？不过现在，他已经管不了我们了，他手下的人已经闯出来，但是互相之间有矛盾，矛盾怎么解决？

① 每栋楼后面都有两个相当大的水泥垃圾箱，上面的铁盖早在1958年（我们都还没有出生）就被拿去大炼钢铁了。这些垃圾箱长期废弃不用，我们经常跳到上面或钻进里面玩，里面潮湿阴凉，有蜘蛛网、蛐蛐、蜈蚣、西瓜虫、蜗牛等。

打！前几天宝逸一砖头把计万磕倒，血流得一地……”

“宝逸是谁呀？”我们又问。

“唉，不谈了，宝逸你们也不晓得！你们可能连二秃疤也不认识吧？”

“不认识。”我们老实承认。“宝逸是二秃疤手下的人，我们是一伙的，我们还有一员大将叫软鼻猴。二秃疤、宝逸他们是丹凤街的，软鼻猴住黄泥岗，每天上学身上都别一把砍柴刀……”小四说的这些，我们都闻所未闻，听起来特别新鲜。二秃疤、宝逸、软鼻猴这些名字，渐渐成为我们心目中的传奇英雄，我们又怕又很想见识一下，就只有把希望寄托在小四身上了。

“在外头混很有讲究，我的经验就是，不要跟在名人后面混。你要是出事了，毛炉是不会帮你打架的，他已经有名了，搞不好自己还要吃苦头。所以要跟没得名气的人在一起玩，打起来一起上，打赢了大家出名，名气都是打出来的。”

小四的话和他当时说话的表情我都记得一清二楚。当时我和小海、洛荣、文文听得心里都特别佩服，觉得院子里有了小四，凡事都有了依靠。只有小毛不服，小毛从小话不多，但有主见，从不轻易相信谁，这让小四很没面子，并怀恨在心。

而我和小海都比较单纯，对小四先是佩服，后来发展成了崇拜。小四常拍着我们的肩膀说：“以后哪个要敢欺负你们，跟我讲一声。”我们听得心里暖洋洋的，可又不敢说出金逑的名字，怕小四小题大做，就跟小毛商量，如何报复金逑。最后我们想出了一个好办法，到门口小店去买来一串电光炮仗（炸起来一道电光，声音特别响），把几根炮仗的须子捻在一起，约三寸长，点火之后人可以跑开。就这样，在一个月黑风高的晚上，我们怀着激动的心情，埋伏在小玉家的蚕豆地里，注视着金逑家的灯光。灯亮着，里面有人影晃动。观察了一阵，我和小海冲上前去，小毛在后面指挥。我们把一只炮仗塞进门缝，两只搁在窗台上，然后点火，逃跑，逃到蚕豆地里，一边吃蚕豆，一边欣赏好戏。不一会儿，三只炮仗接连炸响，在黑暗中发出三道耀眼的电光。我们兴奋地把头贴在地上，生怕叫出声来，好在小玉家的蚕豆根深叶茂，蚕豆花像蝴蝶一样在风中徜徉……三声巨响之后，金逑冲出来大喊："哪个，哪个？！"而他面对的只是一片寂静的院落和沙沙作响的蚕豆地……

事后，我们把这件事告诉小四，小四大笑："这算什么！要干大事，还得出来混。"

"出来混"是什么意思，当时我还不太明白，但心里有点向往。终于有一次，小四给我们提供了机会："今晚七点钟，到我家门口集合。"我和小海准时到达，见门口已晃着七八个人影，都是院子里的小孩儿。小四神秘地出现在人群中，给大家分配任务："今天我们来砸化工厂，以后天天来，现在快去捡砖头。"人群散开又聚拢，这时，大家手里都握着大大小小的青石和红砖。小四一声令下，石块就像成群的黑鸟，飞上化工厂的房顶。"乒乒乓乓”一阵瓦片碎裂、石头滚落的巨响。我们砸了一轮又一轮。因为化工厂与我们院子之间没有门，只拉着一道铁丝网，所以我们不怕。我们砸的厂房虽然熄了灯，但忽然就听见里面有人乱喊乱叫。砸了两三轮之后，大家各自散开。这时候，化工厂的烟囱还在冒烟，隐隐约约，我们都感觉到自己为大钟新村做了一件好事。

以后的一段时间，人越聚越多，每天晚上大家都不约而同地捡起满地砖头，聚在化工厂的厂房前，然后发动袭击。到白天一看，房顶上堆满乱石，瓦片没有一块是完好的，有好几处已经倾斜塌陷，出现了大大小小的窟窿。

白天，一些工人站在铁丝网后面抗议，和我们形成对峙。有个大眼睛，满脸络腮胡子的年轻工人拿出一张医生证明，说他的头被砸破，“我们也是工人，有意见找我们领导反映”。这些工人给人的印象都很无辜而且通情达理，可是抬头看看矗立的烟囱和滚滚浓烟，村里的人还是同情自己，胜于同情他们。

以后，往化工厂扔石头已成家常便饭，谁想起来就走过去，朝化工厂扔两块石头，大石块落在厂房屋顶上，小石子和瓦片落在后面的工厂里，对面几乎没什么反应。

但有一天，我们几个人正站在小四家门口，看小四和洛荣，比谁石头扔得更远，当然是朝工厂方向，小四捡起一块瓦片，顺着斜坡冲下去，猛地一掷，瓦片飞向空中，化成一个黑点。当他甩着胳膊得意地走回来，一个陌生人突然上前，一把抓住他的手腕："跟我走一趟！"那人声音不高，但很威严，他的手也特别有劲，一把将小四的手腕提起来。小四"哎哟哎哟"地叫着，那人不理不睬，像老鹰捉小鸡一样把他抓走，不知带到了哪里。我们都看呆了，吓出一身冷汗。洛荣说："是便衣。"后来又听说，那人就是老唐，管我们这片的派出所所长。"老唐亲自出马来村里抓人。"消息不胫而走，全村人心惶惶。

以后院子里经常出现一些陌生人，有人说是便衣，有人说是"老拐子"，专门拐卖儿童。一些孩子被锁在家里。而小四还没有回来。

小四会不会把我们供出来，警察会不会半夜来抓人？当我和洛荣、小海一起讨论着这个可怕的问题时，洛荣突然唱起革命样板戏《红灯记》片段：

贼鸠山，要密件，
任你搜，任你查，
你就是上天入地搜查遍，
也到不了你手边；
革命者顶天立地勇往直前！

洛荣唱到最后，做了一个李玉和的造型，右手往天空一扬，好一副革命者英雄气派。当时我们备受感动，希望小四也能想起这首歌，与老唐斗争到底，绝不出卖同志。而后我们互相表决心，说万一给抓起来，绝不招供，谁招谁是王连举。[1]

我们说着说着，天就黑了，这时我们才发现，很久没有看见月亮了。那天晚上，月亮像一片枯叶，在昏黑的烟雾中晃了一下就凋零了，我们的心情都很沉重。而抬头一看，化工厂的烟囱还在喷云吐雾，梧桐树叶也纷纷飘落，上面锈迹斑斑。我们看了看四下无人，又捡起青石，往化工厂砸去，只听“咚咚咚咚咚……”，青石从瓦片上滚下来，一切又都恢复了平静。

---

① 王连举是样板戏《红灯记》中的一个可耻的叛徒。

二十

小四从公安局出来以后，不像从前那样话多，但做事更果断，人也显得更成熟了。他看人的时候眼睛里多了一种光，半是怀疑，半是憎恨。关于在局子里的事，他只字不提，我们也不敢问，但看得出他在里面受了刺激，吃了不少苦头。他回来的第一件事情就是在自家后院里吊起一只大麻袋，里面装满沙子。麻袋挂在一棵榆树上，把榆树的整个树干都压弯了。小四和他的大哥建明开始在沙袋上练拳击，我们也跑过去练，小四耐心地教我们，要求我们不怕疼，不怕吃苦。我狠狠一拳捶在麻袋上，麻袋纹丝不动，我很生气，又拼命地捶，直到双手红肿，麻袋还是直直地吊在那里，就像大钟亭里的铜钟。小四过来，一个直拳，麻袋就摇晃起来，再摸摸他的拳头，像生铁一样硬，是绛紫色的。

过了一些日子，每天傍晚，小四家后院都聚集着十几个人，他们都来自丹凤街、安仁街和北极阁。在我们印象中，那里人都很野。他们聚在一起练拳、举哑铃，并挥舞着木棒、石锁、九节鞭，还有自行车链条。他们一边练，一边叫喊。而那些人一来，我们只能靠边站，站在一旁傻看着。

有一天，小四练了一半，放下手中的哑铃，朝我们招招手：“过来！过来！”我们赶紧跑过去。“看见没有，这就是二秃疤，这就是宝逸，这个就是大名鼎鼎的软鼻猴。”我们借着昏暗的夕阳，仔细地辨认着这些如雷贯耳的传奇人物，可这些人的长相大大出乎我们的预料：二秃疤皮肤黝黑，瘦削高挑，稀疏的头发一绺一绺地挂在前额上，冲我们点头微笑，露出满口小碎牙，样子和蔼可亲，甚至有点可怜。一见宝逸，我们却差点笑出来：他长得活像电影《半夜鸡叫》中的周扒皮老婆，简直是一个模子里刻出来的。只有软鼻猴气度不凡，黄黄的头发，宽宽的颧骨，脸色苍白，鼻子扁平，看人从来不笑，闷着头只把眼睛往上一抬，一看就是敢拼命的。见识了这些名人，我们也了却了一桩心愿，同时在心里暗想：名人也不过如此，长得跟平常人一样。但转念一想，他们毕竟不是一般人，名气都是打出来的。这样一想，每次他们练拳的时候，我们还是站在旁边看，而且距离更近了。一次，宝逸指着我们对二秃疤说：“这就是小四培养的接班人。”二秃疤大笑，笑得我们无地自容。显然在他们眼里，我们都是不堪一击的小绵羊。

一个月没星稀的晚上，一群人吹着口哨，摇着芭蕉扇大摇大摆地离开之后，小四收起哑铃、石锁，走到我们中间，说：“光看有什么用？走，今晚带你们出去练练手！”我们四五个小孩儿就跟着他走，他一边走一边拣石头，我们像影子一样模仿着他的每一个动作。可是经过化工厂的厂房，他并没有出手，而是走到再前面一些，瞄准一棵梧桐树，猛地扔出一块大青石，只听“咚”的一声，大树剧烈一抖，树皮都砸飞了。紧接着，我们手中的石头也同时飞向那棵梧桐树，“咚咚”两声，有两块石头打中。走过去一看，树上出现了深深的伤口，青绿的树皮裂开的地方，露出白白的树干，几滴树汁滴出来，顺着树干往下流。

我们接着往前走，这次真的是月黑风高，梧桐树在风中战栗，黄墙蓝瓦的小楼静伏在烟雾中。那些日子，在工厂排出的是一种淡黄色的烟雾，大钟新村弥漫着一场噩梦。我们在梦里行走，不知自己在干什么，更不知道为什么要这样做。

顺着遍地落叶的柏油马路，我们走到后三栋，每个人手里都握着石头，小四又把石头朝柏油路面狠狠砸下去，我们的石头也跟着砸下去：“咚——咚——咚！”一声比一声沉闷，漆黑的柏油路上，现出一道道白印。然后，不知是谁又往电线杆上砸了一砖头，“啪”的一声，电线杆闪出火花，随后又是“啪——啪！”两声，红砖飞溅。而后，有人蹲下来，将地上的落叶堆在一起，点着了一片叶子，火苗蹿上来，不一会儿，就变成了熊熊大火。风一吹，带火的树叶像一只只滚动的火球，我们在火中互相张望，每一张脸都是花的，如金钱豹一般。然后大家又往火中扔石头，砸了几下，火就灭了，一阵风把灰烬吹得漫天飞舞。

我们继续往前走，到了后三栋维维家的窗户底下，那儿有一簇迎春花，如卷曲的光芒，从大地喷涌而出。而在繁茂的枝条底下，时常传来一阵阵“婴儿啼哭”——“喵呜——喵呜——”，那声音温柔又凄惨，听得人毛骨悚然，原来是一群猫，正在叫春。果然，我们发现了迎春花下，闪耀着一双双、一对对绿莹莹、黄澄澄、亮晶晶的眼睛；一群野猫互相依偎着，趴在那里，有黑的、白的、金黄色带花斑纹路的，总共有七八只或十来只，看上去像一丛彩色的野蘑菇，从迎春花根底蓬勃绽开。其实这种景象我们经常看见。不知从什么时候起，院子里的家猫都变成了野猫，而我们每幢楼的底部，侧面都有两个猫洞[①]（这样的房子我以后再没见过），野猫、家猫一样自由出入，躲在猫洞里，谁也捉不到，谁也不能打扰。这样这些猫就可以自由交往，频繁接触，年复一年，就生出了一窝窝小猫：有的生在草丛中，有的生在门洞里；好心人看见了，会抱回去几只；但新生的小猫太多，一个个就只能做野猫。它们在院子里跑来跑去，除了偶尔叼一只小鸡，并不惹太多麻烦；何况猫一多，老鼠一只也没有了。可是这天晚上，这群猫遇见了我们，我们遇见了这群猫——仿佛第一次相见，彼此都很警觉。走在前面的小四突然把手往后一伸：“轻一点，别作声！”他猫着腰，慢慢蹲下来，我们也跟着他蹲下。“快找砖头！”小四说。我们就顺手在地下乱摸，而地上的乱石很

① 本来是用来通风透气的，后来成了猫洞，猫的乐园和大本营。

多，有瓦片、红砖，还有大青石，随手就可以摸到，然后大家都直起身来。“我们假装往前走！”小四又说，反正猫也听不懂。然后我们就学着小四的样子，把石头藏到背后，并跟着他，若无其事地往前走，走到离猫最近的路边停下来。

“准备！一，二，三——开火！”小四一声令下，石块雨点般飞向猫群，一阵撕心裂肺的惨叫，野猫四处逃窜……

“谁呀？”维维家的熊阿姨推开窗户，我们一溜烟逃跑。“没良心的东西！”熊阿姨骂道。那天夜里，月黑风高。

一夜噩梦。回想起来，当晚逃跑的时候，我回头看了一眼，只见迎春花下的那一堆乱石中，一只瘦小的芦花猫横卧在那里，耳朵和嘴角都渗出鲜血……那一幕场景，几十年挥之不去，直到后来又在北京重现，后话我就不说了。

二十一

我是在跟辛静说话吗？是，没错，现在夜深人静，辛静正静静地听着，讲到芦花猫惨死的情景，辛静紧咬着我的手背，把我的手都咬肿了，我的手背上留着青紫的牙印，我不觉得是她咬的，而是那只芦花猫咬的，那种痛让我感到心里好受一些，像是一种解脱；但流在我手臂上的泪水却是辛静的，她哭得很伤心，好像不仅是为了芦花猫的惨死，而且想起了许多别的伤心事……我也忽然感伤起来，不知为什么，说到这里一下想起了北京，想起了这些年来自己在北京受过的苦，忍着的泪，那是比芦花猫的惨死更令人心碎一千倍的事情。那件事刻骨铭心，但我至今只字未提，这是为什么？要到哪一天我才能痛痛快快地说出来，而那时，不是辛静，而是我将泪如泉涌。而今夜，我看着她哭，自己却异常冷静，冷冷地替她擦去泪水，冷冷地说："这点小事算什么，以后我会告诉你更多。"知道吗？辛静，我没告诉你的是，在你这里，在你的房间、你的眼神、你的泪水中，我找回失去的故乡，心里的坚冰如同春水解冻，你如故乡的微风细雨，化解了我淤积心头的凝血，若不是遇见你，我还不知道自己曾经的往事是如此残忍，如此艰辛！但无论如何，你将它们化开，化得像春水一样清澈透明，我再也不会离开我的故乡了。或者换句话说，几十年来，我第一次真正意识到什么是故乡，什么是南京。少年时曾立志远离故土，去北方奔赴远大前程，可是二十年后猛一回头，才发现整个北方沃野，千里山川平原，不及江南的一滴雨，一颗泪珠。你的泪水，现在正流在我的手背上么？

我是在跟辛静说话吗？是也不是，不是也是，我感到辛静时远时近，时而是惊涛骇浪，时而是绵绵细雨，细微得只有蝴蝶的翅膀轻轻扇动花粉的声音可以与之相比，或是只有死去的芦花猫在冥冥之中的呻吟和她一样温柔，她可以化掉人间一切邪念，一切罪恶，一切凝血坚冰。与她在一起，生命冰清玉洁，而她自己却浑然不知："你可能想太多了！"她总是这么说。我乐意听。

我是在跟辛静说话吗？不是也是，是也不是，我感到辛静时远时近，忽暗忽明，她生命中的花香鸟语在这个平静的冬季发出最温柔最嘹亮的声音，震撼着漂泊者的心灵——他们一回头，就再不愿离去。

倾听我的是静夜，还是辛静，是故乡，还是异地，我为什么在冬夜默默倾诉，为什么倾听我的总是微风细雨中如梦似幻的生命，一如亭亭玉玉的大钟亭……我是在倾诉，还是在倾听？

倾听我的不只是辛静；我说着说着已经忘了自己是谁，眼前是谁。但我听见了时光的脚步，踏着白雪红尘，一步步悄然走近，又在恍惚中化为一阵烟，一朵云……

倾听我的是你吗？无论你是谁，只要你听清了我的话回忆起自然，回忆起自己，并在内心的深山里寻觅幽深往事，那时，你一定会听见中世纪的回音。

的确，刹那间，我回到了中世纪，为什么这么明显的事实只有一颗心发现，一颗心发出共鸣——在大钟亭永久沉默却时时鸣响的钟声里，你听见了什么？

Dark Ages，Moyennes Ages……中世纪，只有这个词可以描述我的童年，那个深锁庭院与历史风尘中的绵绵回忆；它不清不楚，却比灿烂阳光中的花草树木更清晰明灿，更令人心醉神迷。

辛静的泪水如大钟亭钟声鸣响时震落的朝露，在大钟新村，在此时此地，滴在我的手臂上。我还能说什么？

辛静哭了。我一笑："我说了半天你记住了什么？"

"一句也没记住。"

"好吧，就当是一场梦。现在让我们说一会儿梦话：我可以乱说乱动吗？"

辛静点点头。

她一点头，我反而变得老老实实，规规矩矩——

"让我看着你就好了，一见你，我什么都想起来了。"

二十二

辛静的眼泪干了。她拉开窗帘，夜色灰白，几颗星闪着异样的光彩。你知道那些光芒是从很远的地方照过来的。

“你说我爸爸、妈妈现在病情如何？”

辛静想了想：“我明天上夜班就知道了。今天我休息，你也休息，你有两个姐姐在那里陪夜，你就放心好了。”

“所以小孩要生三个，一人八小时，一个都不能少，你说呢？”

“你的确应该多生几个孩子。”

“你呢？”

“一个就够了。”

“那会是谁的孩子？”

“天知道。”

我看看天，天还没亮，全都是梦话。

二十三

我从小就对敲门声特别敏感，尤其是半夜做梦的时候，突然听见剧烈的敲门声，以为山崩地裂。从前大钟新村的木门很薄，上方镶着一大块玻璃，玻璃上贴着红色剪纸或毛主席像，外面只要轻轻敲门，里面听起来就很响，可想而知，半夜突然用拳头猛砸，然后用皮鞋踢门是怎样一种动静。一个冬天的夜晚，我们家就遭遇过这么一回。那时我和妈妈、贝贝正在大房间熟睡，奶奶和宝宝睡在小房间，突然有人“哐哐”砸门，全家立刻惊醒，醒来睁着眼睛，不敢开门，因为爸爸不在家（他那时还在乡下劳动）。黑暗中，我迷迷糊糊地看见妈妈猛地坐起来，半天不作声，只听外面的敲门声越来起响，越来越急，门上的玻璃几乎要被震裂了：“哐哐哐哐！”一阵阵巨响仿佛一列火车冲进家里。妈妈开始慢慢穿衣服，然后叫我们都起来。我们穿好衣服，见奶奶和宝宝已站在面前。妈妈和奶奶轻声商量着，黑暗中，只见奶奶脸色苍白，不停地摆手；而妈妈十分犹豫，我和宝宝、贝贝只能大眼瞪小眼，不知发生了什么，更不知道该怎么办。持续的敲门声更加剧烈，听得出已经不是用拳头，而是用大头皮鞋。“哐——哐——哐——”，那不是敲门，是要把门撞开。妈妈走到门口，问了一声：“谁呀？”门外的人不说话，回答是更猛烈的砸门声，而且听得出有好几个人。奶奶护着我们三个孩子，躲在把大房间一分为二的白布帘后面，我平生第一次感觉到，空气剧烈颤抖，待在家里也不安全。要是爸爸在家该有多好……我想，可是爸爸不在，妈妈和奶奶商量来商量去，还是没有结果。不知过了多久，妈妈过去开门……白布帘随即被猛地撩开，我看见一只毛茸茸的手，提着一副亮晶晶的手铐，没错，就是他，派出所所长老唐，尖尖的下巴，凶光毕露的三角眼……他二话不说就要把妈妈铐走，跟在他身后的还有四五个居委会老太太，她们带着红袖标，七嘴八舌地帮腔。我低下头，只见老唐那双漆黑油亮的大头皮鞋，踏在红地板上，踩出一个个沾满灰尘的大脚印，旁边是一双双小脚，动来动去，像耗子一样丑陋不堪。妈妈坚决不跟他们走，奶奶在一边说着什么，老唐不理不睬，只听他反复逼问：“为什么不开门？我们是查户口的！”妈妈把户口簿递过去，他看也不看一眼，坚持要把妈妈带着。我抬起头，只见那一副环形手铐在空中晃动，同时感觉到奶奶的手紧紧按在我的头顶上，不住地颤抖……僵持了很久，他们终于走了。妈妈关上门，泪水扑簌而下。

第二天一早妈妈就去系里反映情况。外文系的一位领导过来安慰我们，并说组织上会如何如何，让我们不用担心，那时我第一次知道什么叫“依靠组织”。

查户口的事不了了之，但那天夜里可怕的敲门声，亮晶晶的手铐，红地板上的大头皮鞋……日后都在噩梦中屡屡重现，还有老唐尖尖的下巴，凶恶的三角眼……

二十四

另一种敲门声却很柔和，你能听出敲门的手很小，敲门人很用心，她害怕打扰你，又想告诉你一个好消息，而这个消息已经包含在敲门声里。你一开门，一位身穿天蓝色连衣裙的小姑娘，戴着一副眼镜，皮肤白皙，说话细声细气的："你姐姐在家吗？"

我愣了一下，说："在。"她就进来了。她叫小兰，是前面说到的外文系教授柯象峰的外孙女，自从她住进了大钟新村，我们家就多了一位秀气的小客人，她是姐姐的朋友，比我大两岁，知书达理，爱说爱笑，还会自己编歌、排节目。在刚刚经历了"查户口事件"之后不久，就听见小兰轻轻的敲门声，感到特别温馨。

为了准备去大桥慰问演出，小兰经常和姐姐还有对面的阿鉴、阿华她们在一起排练节目，那时候，南京大学的大多数教师都参加了南京长江大桥的建桥劳动，偶尔回来，筋疲力尽，身上都带着伤。而在我们眼里，他们正投身于一项伟大光荣的社会主义建设事业，他们每一滴辛勤劳动的汗水都将载入史册，所以从心里对他们特别羡慕，特别钦佩。

那段时间，爸爸、妈妈都不在家，每天晚上我们家就成了排练场地，像《东方红》这样的大合唱排不了，却可以排独唱和独舞。桌上堆满了大红花和红纸带，小兰和姐姐她们在屋里跳着、唱着，我就搬一把小椅子坐在旁边看。排练休息时，小兰自告奋勇地站到灯光下的小舞台上，给我们表演了一个她自编自唱的小节目：

年老公公，白发苍苍，
一个不小心，跌在路当中……
车别来，马别来，
快把公公扶起来……

她一边唱，一边做着假动作：先是假装用手捋着长长的胡须，而后踉踉跄跄地摔倒，坐在地上，脸上露出老人滑稽的苦笑。她演完之后，我们都跟着学，而一学就变了腔调：大家站成一排，都假装用手捋着胡须唱道：

年老公公，白发苍苍，
一个不小心，跌在路当中……

大家都倒在地上，笑得起不来，便即兴发挥道：

车快来，马快来，

压得公公起不来……

去大桥慰问演出的那天晚上，一辆大卡车把我们拉到很远很远，一路上我们都在想象着大桥的壮丽景观：万盏灯火齐放光明，大桥像一道深夜的彩虹，挂在九霄云外……可到达工地一看，四周黑黢黢的，什么也看不清，只有几个人影扛着木头，拉着板车从旁边经过，既没有滔滔江水，也不见大桥的踪影。可演出顺利进行，卡车的车灯和旁边几盏昏暗的吊灯照亮一小片空地，这就是姐姐和小兰她们演出的舞台。我坐在下面，旁边的人都不认识，他们并不像想象中的那样，脸上挂着幸福的微笑，用毛巾擦去头上的汗珠（我们常在电影里看到）；他们一个个满脸疲惫，神情木然。

当《东方红》的歌声在黑暗中回荡，整个工地都亮起来，白衬衫映衬着红领巾，在隐约的长江边飘飘闪闪……随后，小兰大大方方地走到台前，手里拿着一把纸镰刀，身背一只小竹篮，边唱边跳——

我是公社小社员嘞，

手拿小镰刀嘞身背小竹篮，

放学以后去劳动，

割草、积肥，拾麦穗，越干越喜欢，

唉嘿嘿，唉嘿嘿，
贫下中农好品质，
我们牢牢记心间，
热爱集体爱劳动，
我是公社小社员！

想不到台下的掌声如此热烈，工地上一下涌来了许多人。小兰蹦蹦跳跳地跑下台，我第一次发现，女孩戴眼镜也可以那么好看……

可是回到院子里之后，形势却逐渐发生了转变，越来越多的人开始唱：

柯象峰从大钟新村滚出去，
滚出去！
柯象峰是党内最大的走资派……

小兰显然没有听过这首歌，因为从前她不住在大钟新村。自从听到这首歌，她的脸色就变了，从前的笑容和歌声都不见了，整天愁眉苦脸，不知是谁，就给她起了个绰号叫“兰鬼”。从此小兰就不叫小兰，而叫“兰鬼”了。记得我最后一次看见她是从橱房的窗户里，小兰穿着一条白裙子站在楼下的一片空地上，旁边是一棵高大的梧桐树。小兰不知得罪了谁，几个小孩就开始骂她，骂着骂着，小鲜家的那只大公鸡大摇大摆地走过来，忽然跳到小兰的胸前，把她啄得满脸是血。小兰捂着脸大哭起来……后来我就再没见过她了。

小兰搬走以后我才发现，她原来是那样弱小，皮肤那样苍白，而我对她的最后印象就是她满脸是血。后来我只帮她做了一件小事：有一天，我正在草丛中逮蛐蛐，又看见小鲜家的大公鸡正好从旁边经过，我就一下子扑上去，拔了它尾巴上的几根长长的大金毛。公鸡惨叫着逃走了，尾巴光秃秃的。我把这几根鸡毛拿回去给姐姐做毽子，但鸡毛太粗太长，没法插进毽盘上的鹅毛管，后来就扔掉了。这件事要是小兰知道就好了。

可是后来，我再没见过她。

二十五

有很长一段时间，我一直以为“五湖四海”是一种人，就像“三头六臂”“白龇雪牙”。“‘五湖四海’来了，快躲起来！”大小孩经常这样吓唬我们，而我们看得出，他们自己也很害怕。“五湖四海”究竟长什么样，谁也没见过，但谁都知道他们非常厉害。有一阵子，村里的空气突然紧张起来，被撬开的青石除了用于砸猫、打架之外（这样的事后来经常发生），许多都被各家搬进了门洞里，放在楼梯转弯处，堆得老高，旁边还放了一些“六六六粉”，这是当时的一种剧毒农药，据说这种药粉撒到眼睛里，眼睛就会瞎掉。我们经常设想着“五湖四海”攻打大钟新村，我们在楼道里坚守阵地的情景，并感觉这一天正日益临近。

村里有个老红卫兵，常戴着红袖章，身强力壮，沉着坚定，因为硬硬的头发直直地竖着，像一把毛刷，所以我们都叫他毛刷刷。那些戴红袖章的热血青年成天像一群毛孩子，七嘴八舌地围在他身边，他一咳嗽，大家都不响了；而我们这些红小兵却可以骑在他头上作威作福，有时候还排着队，求他把自己往天上扔……我第一次从天上掉下来，就是落在毛刷刷手里，感觉他的手指上全是劲。有一次，毛刷刷手持一杆长矛出现在草地上，我们立刻围上去，只见那根长矛中间粗，两头尖，摸上去冰凉，毛刷刷一松手，就重重压在我们肩上，要几个孩子才能稳住，而毛刷刷轻轻一提，就握在手心，我们赶紧后退几步。然后，毛刷刷就把长矛舞起来，只听见“呜呜”的风声，看得我们眼花缭乱，最后一个刺杀动作，黑铁长矛像竹竿一样在他手里颤动，矛尖寒光闪闪……停了一会儿，一个孩子问：“毛刷刷，你能打过‘五湖四海’吗？”毛刷刷笑着回答：“你问它。”他说着，把长矛往草地上一插，铁矛直挺挺站在那里，还在不停地抖动。

那天，“五湖四海”真的来了，我不知自己有没有看见，但很多年来，脑海中一直有一个很深的印象：一个剃着平头的脑袋从黑夜里伸出，瞪着一双发光的圆眼睛，好像能看清黑暗中的一切，我至今不能确定那是我看见的还是梦见的。而岁月流逝，那双发光的圆眼睛，偶尔还会在深夜浮现，那便是我印象中的“五湖四海”。

而具体的场景是我亲身经历的。晚上八九点，门房小茹突然摇铃，喊着“五湖四海”进村里了，来村里抓人，大家快去12号看看。我一听就飞奔下楼，爸爸拽也拽不住，就跟着我跑下来。因为12号是小毛家，他们家出事了，我当然要去看看。回想平时，小毛的妈妈，圆圆的脸，戴着一副眼镜，整天笑眯眯的。她最大的爱好就是养金鱼，窗台上的金鱼总是在阳光里慢慢游来游去，还有几颗漂亮的雨花石沉在水底。而小毛的爸爸话不多，喜欢和小孩子一起出游，常带我们去紫金山打猎。他的枪法很准，家里墙上挂着的兔皮和野鸡毛都是他从猎物身上取得的战利品，我们亲眼看见他扣动扳机。可是那天晚上，小毛的爸爸不在家，小毛也被淹没在人群里，我只看见一群戴红袖章的青年拥在他们家门口拼命把他妈妈往下拽，几个人拖着她下楼，小毛的妈妈低着头抱着楼梯扶手，蓬乱的头发挡住了她的眼睛……楼下的人越聚越多，大家神色慌张，议论纷纷。这时，毛刷刷突然从远处走来，手持那杆黑铁长矛，硬硬的头发如钢针竖立，他好像什么话也没说，走过去就将人群和“五湖四海”一并冲散，剩下被剃了阴阳头的小毛妈妈，被几个邻居围在当中哭泣……

后来我们才知道，毛刷刷的妻子是个苏联人，虽然当时的苏联已变成“苏修”及“社会帝国主义”，但很多人还在读《钢铁是怎样炼成的》，并暗恋着书中的冬妮娅。

院里有位苏联妇女名叫刘妮娜，是外文系的俄文教师，她的丈夫是中国人，他们从前在苏联生活过许多年，所以他们家都讲俄语，包括他们的两个儿子莎莎和维加。这两个混血儿比我们大一些，穿得很时髦。院子里有句流行歌唱道：

莎莎、维加

他们和我们住在前三栋的同一栋楼里，就在毛刷刷家楼上，毛刷刷和他们经常在一起讲俄语，我们一句也听不懂，莎莎和维加偶尔给我们翻译几句，从只言片语中，我们知道毛刷刷曾经在苏联有过神奇浪漫的经历，但具体情况也不太清楚。后来有一天，我们见到了毛刷刷的女儿娜塔莎——

娜塔莎经常来我们家，和爸爸、妈妈讲俄语，至今我仍觉得俄语是世界上最好听的语言，可能就是因为听过娜塔莎说俄语的缘故。家里有一本俄文书，我和姐姐用我们自己的调腔叫它“厚厚的”，虽然不认识字，但里面有许多非常好玩的漫画。比如有一幅画着一个头发直立的毛头青年，因为起床晚了，赶不上班车，车里的人把车子的形状就挤歪了，车胎全都在漏气，那个青年摸着脑袋惊讶的样子，就特别像毛刷刷。娜塔莎第一次来，我们就请她念那本“厚厚的”，她念了好多，我们好像都听懂了。娜塔莎一句中文也不会，可她与我们之间没有任何语言障碍。我们天天说话，也不知说的是什么语言，大家都能互相理解，何况娜塔莎的蓝眼睛也会说话……娜塔莎教我们玩过一种游戏，叫“咕咕”（gú gū），就是一个孩子背过脸去，后面围着一群孩子，其中一个人叫一声“咕咕”，然后那个背过脸去的孩子就要回过头来说出是谁叫的。这个游戏简单又好玩，玩的时候每个孩子都发现，原来自己可以发出各种怪声，仿佛有许多鸟藏在我们中间。

幸福总是短暂的，小兰离开后不久，毛刷刷一家也搬走了，院子里来了许多陌生人。原来毛刷刷家住的房间搬进了学校后勤组的曹官员，曹家有一个儿子，一见莎莎、维加就像看见仇人一样。原先刘妮娜家在窗下种了许多花草和一棵枇杷树，曹家的儿子一来就把花草全部拔光，枇杷树也被砍掉了，不知在原先的地里种了些什么，迟迟没有长出来，但四周都围上了铁丝网。有一次，莎莎和曹家儿子差点打起来，曹家儿子随手从地上抄起半截红砖，而莎莎却回家拿了一副拳击手套下来……后来被人拉开了。新搬来的住户与原先的人家之间的吵闹声不绝于耳，院子里的空气发生了根本改变。

二十六

无奈的时候，我只好又去找小四玩，那时候他已经在院子里有了一些名气。有一次，保强当着小四的面不知说了一句什么，好像是没有把二秃疤放在眼里，当晚，他们家的玻璃全都碎了，没有一块完好的。保强的弟弟保层在自家窗户底下，踢着碎玻璃埋怨道："谁让你去惹我们十三中的人了……"我们院子里的中学生大多在十三中上学，那是位于玄武湖西侧、西家大塘后院的一所著名中学。

有一天，文文兴奋地跑过来，神神秘秘地告诉我："我终于看见一个人的狰狞面了！"

"谁？"

"小四。"他接着跟我详细描述了小四血战张林甫的情景：张林甫也是十三中的，比小四高一届，跟二秃疤他们不是一伙的，二秃疤早就想收拾他。那天放学，正好张林甫迎面走来，小四拣起半截红砖，一砖头磕在张林甫的脑门儿上……文文正说着，张林甫闯进院子里来，只见他额头上有一个大血窟窿，鲜血不住地涌出来，他并不去捂住伤口，而是撩起头发让所有人都来看。

我看见他脸色煞白，手里拿着一把起子，气势汹汹地走在一群人中间，可他的眼神很可怜……

后来小四也常说起这件事，越说越玄。我们对他都更加佩服，他自己也有些飘飘然。不过他身上的肌肉确实一天天鼓起来，经常弯起胳膊给我们看他发达的肱二头肌，偶尔给我们一拳，不管打在哪儿，都要疼好几天。尽管如此，我们还像无头苍蝇一样整天围在他身边，看他的脸色行事。

后来我们又去砸猫，直到那簇茂盛的迎春花开始衰败，野猫都藏匿到了别处，而它们的叫声更加凄惨，看人的眼神也更警觉。但院子里的猫还是越来越多，猫的惨叫声和邻里的吵闹声交织在一起，而且地面常看见血迹斑斑——

二青用一柄行军床的支架将住在他们家小房间的陶陶爸爸额头打破；住在柯象峰家大房间的外文系教师，将他们楼上的物理系的梁先生眼镜打碎，梁先生的血从家门口一直滴到村口……

而场面最大的一次，还是小四家与海泉家的较量，小四家有三个儿子，海泉家有两个儿子，三个叔叔，在动手之前已闹出很大动静。海泉家住在北边的平房，与南端小四家单独的平房之间连着一条柏油马路。那天晚上，路面站满了人，双方大吵一阵之后，只发生了小规模冲突，但全村人都听见，他们约了时间，要“摆场子”[1]。没有人知道他们最后是否真的摆了场子，

---

① 摆场子，当时的黑话，即约定时间、地点，双方各找一帮人打群架。

但那次冲突之后，两家人都确立了自己的地位，整个大钟新村基本形成了南北对峙的格局。

小四家与海泉家大吵大闹的时候，院子里的其他住户都噤若寒蝉，连蟋蟀都不叫了。然而，与这种喧嚣或沉寂相比，院子里的哭声更令人心寒——

不知不觉，大钟亭在化工厂的烟雾中已度过了七八个年头，院子里接连不断地有人得癌症去世。癌症的病因是否与化工厂直接有关，至今无从考证，但那些年大钟新村的癌症发病率和死亡率远远高于其他地区和其他年份。住在我们楼下的钱老头去世的那天夜里，钱妈妈和她的女儿哭了一夜，那种哭声是我从来没听到过的，是号啕大哭，像唱歌一样。楼下的电灯亮了一夜，几只雪亮的灯泡拉到窗前的白杨树上。灯下有几个木工正连夜打棺材，哭声和锯木头、敲钉子的声音混合在一起，灯光打亮的白杨树叶也在夜风中抽泣。天快亮的时候，棺材打好了，几块刨得平平整整的木板散发着松木的清香，拼合在一起。钱老头被几个儿子缓缓抬出来。那会儿我正趴在楼上的窗口仔细观看：钱老头的身上盖着白布，露出剃得光亮的脑袋，他闭着眼睛，像睡着了一样从容平静，脸上还放着光。哭声在黎明前的春风中传到很远，就连北极阁山上的云朵，也变得凄清、惨白……那是我第一次对死亡产生了具体的概念——从前小雪去世，我还不很明白，只知道再也见不到他了，但心里总觉得他还在，只是到很远的地方去了，说不定哪天还会回来；可直到钱老头的去世伴随着彻夜的哭声和明灯下的松木棺材赫然出现在我眼前，我才真正意识到死亡的阴冷与恐怖。此后，凡是遇见“棺材”这两个字，当时的那一幕情景和着松木清香便立刻重现。而最后一幕是，棺材盖徐徐合拢，钱老头的脸庞和光着的脑袋都被严严实实地覆盖，钱妈妈跪在地上哭喊，头上裹着的长长的白布在晨风里飘起来……

而没过多久，忆昂的妈妈也患癌症去世了。与钱家相反，接连几天晚上，忆昂家都黑着灯，无声无息，也没有哭声。只是白天才看见他们家人戴着孝进进出出……那段时间，院子里出现了许多黑纱。

二十七

尽管口腔医院的大楼吞噬了后山，挡住了夕阳；尽管化工厂的烟雾遮天蔽日，给全村人带来可怕的灾难和死亡；尽管院子里吵吵闹闹，外面的武斗动起了真刀真枪……人们的生活还在继续，大人们整天忙忙碌碌，孩子们又产生了新的梦想。

不知从什么时候起，我和小海、小毛同时迷上了香烟纸。在很长一段时间内，香烟纸在孩子们中间几乎成了流通货币：“南京”一千，“飞马”“光荣”两千，“大前门”五千，“牡丹”两万，“团结”五万，“大桥”“中华”十万，“紫罗兰”五十万，还有少数一百万的，达到一百万必须要是金边的，而且市面上很少见的，比如老牌“中华”，版面与新“中华”截然不同，上面的整个天安门都是金的，华表立柱是银的，一出现就给人一种年深月久、富丽堂皇的感觉，当然要算一百万。还有一种牌子叫“好莱喜”，是每个集香烟纸的孩子共同的梦想。“好莱喜”在香烟纸中，就像“白龇雪牙”在蛐蛐中，“五湖四海”在红卫兵中。有一条不成文的规定，就是“好莱喜”随便算，愿意算多少万就是多少万。说了好几年的“好莱喜”，终于有一天我见到了：那次小毛和花木公司（我们的邻居）的魏候林用掷骰子的方式来赌香烟纸，从中午一直赌到天黑，就在花木公司大楼门口。我一直守在小毛旁边，帮他“点钱”。小毛沉着应战，连连获胜，输红了眼的魏候林，弹尽粮绝之际，突然从怀里掏出一张“好莱喜”——我们从没见过，但想象中的“好莱喜”正是这样，我和小毛一眼就判定这是真的，一点不假：一张横牌子的香烟纸，边上已经发毛，上面布满细碎的裂纹，就像出土的彩陶；淡紫的底色，里面镶嵌着隐约可见的金丝银线；画面上是一根银亮的食指，指纹清晰可见，粘满银粉。那只手仿佛从冥冥之中的暮色中出现，指向深渊，一切都似是而非，亦真亦幻，我们简直不敢相信自己的眼睛。魏候林蹲在那里，将那张“好莱喜”放在沾满灰尘的手掌上掂了又掂，围观的孩子们都屏住了呼吸，几乎都压到了他的背上。我和小毛蹲在他对面，我们身后也站着黑压压一大群人。鸦雀无声，四周一片黑暗，“好莱喜”在暗中发光。而魏候林脸色惨白，闭上双眼，嘴里叽里咕噜，像在估算，又像是祈祷，却原来是在与“好莱喜”作最后的诀别——

“一千万！”他一咬牙，一跺脚，终于打破了沉默。白色的化石骰子在黑暗中滚动，上面的红点一闪一闪，如同夜光表一般。不知又经历了多少艰苦回合，魏候林拱手相让，终于让那张梦幻般的“好莱喜”交到小毛手里。我真佩服小毛的沉着冷静，拿到“好莱喜”并不显得过分激动，而是慢慢接过来，放进上衣口袋。而直到人群散去，黑夜降临，我看见魏候林独自站在墙角边面壁思过，然后将手中的两只化石骰子猛地砸向墙壁，骰子立刻化为粉末……

这是小毛赢香烟纸的方式。而相比之下，我和小海要想得到自己梦寐以求的香烟纸可要艰难得多。因为我们逢赌必输，只有靠自己的努力了。

我曾经拿45张“南京”跟文文换了一张“紫罗兰”，印象中，那张“紫罗兰”高贵典雅，淡黄的底色，上下两道金边，中间的花束是菱形的，由紫、金、蓝三色拼成，是想象中的彩色水晶，绝非现实世界的花朵，在水火之中或漫漫长夜都不会褪色或凋零。而45张“南京”只需花一些力气就可以得到：存下爸爸抽空的每一个“南京”；再向周围邻居索要；再和洛荣一起，迎着风雪去垃圾堆里拣几张就齐了——在一大堆煤灰、废纸和难闻的菜叶中，拨开残雪和冰凌，将揉成一团的“南京”展开，这时，红底白字的“南京”二字，就像一匹白马昂起头来，抖落满身尘土，萧萧嘶鸣，一时间变得异常俊美神奇，远远不是“一千”的价值可以衡量的。但即便如此，用45张“南京”换一张“紫罗兰”还是值得的……

回想起来，我和小海、洛荣对于香烟纸的情感和小毛、文文是不一样的，他们经常拿香烟纸去赌，而我们总是将心爱的香烟纸搁在床头，天天临睡前看一遍、两遍、三遍……夜里还会梦见，并制订出第二天拣香烟纸或换香烟的计划。一段时间，我总是全身心地投入一种梦想，没有什么特殊理由，但对一个孩子来说，一往情深本身，便是全部的价值和意义：感觉有了它们，这世上其他的一切全都无所谓了。

就这样，我和小海想出了一个绝招：自制金边“大前门”。“大前门”本来是草边的，淡黄的边，黄得惨淡酸楚，我们要把它变成金边的。方法很简单，找一块铜，用钢锉锉下一些铜粉，涂在草边上，金边“大前门”就这样做成了。我们得意洋洋地拿给洛荣欣赏，洛荣一句话：“一看就是假的！”即刻使我们全部的心血和努力化为泡影。

有一天，我和小海正在树下聊天，小四神秘地走过来，从口袋里掏出一叠香烟纸，叠得整整齐齐，像扑克牌一样攥在手里，并在我们眼前一一展现，我们看呆了：全是没见过的，凭着经验和直觉，我们断定这把香烟纸价值连城。至今我还记得，有老牌子的“大生产”——红底敞开扇形的窗口，露出劳动者幸福的笑脸，他们面色桃红，一看就是解放区的好青年；还有“老刀”，不知有多老——一位古代门神身披盔甲，手持鬼头刀，毕恭毕敬地站在宫殿门前，神情诡秘……而“黄果树”坐落在一片崇山峻岭之中，阴云密布，岩石间生出墨绿的丛林，瀑布虚无缥缈，有看不见的鸟、摸不着的云藏在里面。然而最令人神往的还是“天女散花”，我几乎无法描述，因为一见其中那片蓝莹莹的天空，我眼前就一片模糊，可想而知，天女隐居在白云深处，在云雾之间挥舞长袖，挥洒着星辰、宝石，背后是深邃的夜色……

有很长一段时间，我一闭上眼睛，脑海里就是这一幕幕变幻莫测的图景，而小海告诉我，他也有同感。我们就这样共同生活在香烟纸的世界里，香雾缭绕，如云似烟……小四看准了我们的心思，于是暗示我们：想得到这些香烟纸不难，但要拿东西来换。拿什么呢？我们问。看我和小海满脸疑惑，小四只好直截了当地说出谜底："粮票。"

我想了想说："行。"但小海犯愁了，因为他有两个哥哥，家里粮票本来就吃紧。

"那钱行不行？"小海问。"可以。"小四回答，于是，我们各自回家准备。

我知道，奶奶床头的小黑桌上搁着一只红铁罐，上面印着模糊不清的外文字母，不知从前是做什么用的，奶奶用它装一些纽扣、顶针、线团之类的小东西，还有几枚苏联戈比和几枚毛主席像章混在里面。东西只装了一半，另一半空着，经常放些粮票和零钱。我们家因为有奶奶和两个姐姐，所以粮票比较宽余（男女粮食定量是一样的，所以男孩多的家庭粮票紧缺）。第一次，我拿了四两粮票，奶奶没发现，以后越拿越多，奶奶不断往里添。偶尔红铁罐里还会出现半斤或一斤的全国粮票。我照例给拿走了。

我交半斤粮票，小海出一毛钱，我们就可以从小四手上抽一次签。为了能抽到“天女散花”，我们的胆子越来越大。粮票一斤一斤地支出，钱一块一块地投入，终于有一天，小海美梦成真——

当我们坐在大钟亭的石阶上，细细欣赏着“天女散花”，深秋的银杏叶已纷纷落下……

二十八

有一段时间，我天天泡在小四家，去的时候身上带几斤粮票，回来时就变成几张香烟纸，有时还会拎一袋小金鱼。有个卖金鱼的老头住在小四家，是小四的舅舅，长得和他妈妈很像，高高的额头，红红的脸，一双凸出的金鱼眼，是金鱼中的龙眼。小四的妈妈常和他坐在长凳上小声长谈，我坐在旁边，却听不懂他们在说些什么。自从“天女散花”被小海抽走之后，我对香烟的兴趣逐渐淡漠，而将兴趣转向了金鱼。在小四家最大的享受就是看金鱼——两只大木盆和一口深深的水缸里各种金鱼装得满满的，还有桌上的小脸盆里，比蝌蚪还要小很多倍的黑黑的鱼苗。我经常一整天站在里屋看金鱼，小四一家总是很欢迎我去。后来，小四就开始教我养鱼：小鱼苗要吃蛋黄，用纱布把蛋黄裹起来，让它们去啄……小鱼千万不能沾油，稍大一些，才能喂红虫。小四还送了我一些鱼苗，我回去细心喂养，虽然都存活下来，但一条也不见长，都成了小僵鱼。于是，我又把目光转向那些雍容华贵的大金鱼。和集香烟纸的时候相反：香烟纸我什么都要，越多越好；但对金鱼，我却非常挑剔：珍珠鱼肚子太肥；墨龙太黑；绒球太多脂粉气；只有红高头合我心意，白玉般的身体纯洁高贵，头上顶着一小簇红色高地，朴素大方，又能唤起心中热情。我看准了红高头就不惜一切代价。当我把5斤粮票塞到小四手里，小四先愣了一下，然后把粮票收起来，郑重其事地将我看中的那只红高头从缸里捞出来，装进塑料袋里递给我……

在小四家还有一件有意思的事情，就是看他们做饭、吃饭。他们家烧炉灶，两口大铁锅嵌在水泥锅台里，下面烧柴火，锅台中间还有一个很深的小水缸，里面装满水，烧饭的余热可以将这些水加热，然后就很容易烧开。炉膛里“噼啪”作响，红红的火苗爬上树枝，舔着黑黑的锅底。大铁锅里的白米饭泛起泡沫。这时，小四的爸爸（南京大学食堂里的大师傅）就会用半个葫芦瓢儿往米饭里加半勺水，盖上厚重的大木锅盖，不多时，米饭就做好了，一掀锅盖，满屋飘香。然后，一家人就围着一张低矮的小木桌吃饭，每人手里端着一只蓝边粗瓷大碗，盛着满满一碗白稀饭，饭桌上只放着一大碗腌菜花，腌菜上沾着油星，亮晶晶的。全家人吃饭时都不说话，“窸窸窣窣”的响声和嚼腌菜的“咔咔”声听得人直咽口水。我从来不知道一家人在一起吃饭可以是这样的，每个人都认真严肃地埋着头，像是在举行一种神秘而庄严的宗教仪式。

那段时间，买什么都要票，有粮票、布票、糖票、豆腐票、油票、肉票、工业券（买轻工用品，如自行车、缝纫机）等，而最紧张的时候，买菜也需要菜票。大大小小、花花绿绿的票据摊了一大桌，每天晚上奶奶都要戴上老花镜在灯下细细整理，而我又在盘算着什么票可以拿去换自己喜欢的什么东西，而我喜欢的，都是没用的东西。

冬天，在第一场雪降落之前，家家户户都要去菜场买腌菜，一买就是一百多斤。腌菜就是青菜（北方叫作圆白菜），新鲜的青菜买回来晒干，然后撒上盐，腌在大水缸或是大瓦罐里，上面压上一些重重的鹅卵石或是大青石（院子里有的是），腌几个星期，甚至一两个月，再拿出来晒。各家统一行动：同一天去附近的高楼门菜场排队买菜，借菜场的三轮车骑回来。小四的三轮车骑得特别棒，车上除了装满青菜之外，两边都坐满了人。我们常常帮他做些家务，而自己家里有保姆和奶奶。坐在小四的车上觉得特别风光，可以大叫大喊，谁见了都赶紧躲开。小四告诉我们说：腌菜有的手腌出来好吃，有的臭手不能腌，一腌菜就烂。而我和小海的手都比较香，所以我们可以帮忙洗菜、抬水缸、搬石头。等到腌菜做好的时候，家家户户都用绳子把滴着盐水的黄黄的腌菜挂出来，绳子拴在树上或吊在窗台上，这时我们就可以随意品尝各家的腌菜，味道确实不一样。但总的说来，菜叶咸又鲜，菜帮脆而香。

雪里蕻的腌法和青菜一样，但它比青菜稍贵，叶子更细，味道也更足。雪里蕻炒肉丝是一道江南名菜，如果里面再搁一些红辣椒和毛豆，味道更佳。小时候，我们全村人冬天都吃腌菜，现在想来，雪里蕻就是下雪天走红的意思。

有一段时间供应紧张，每天天不亮就要去排队买菜。高楼门菜场分为卖菜、卖肉、卖面、卖鱼、卖鸡蛋和卖调料等七八个柜台，所以一个人要排七八个队才能买齐一篮子菜。因为每个人买菜都有限量，所以必须天天来买。有一阵奶奶病重，保姆在家忙碌，常常是我出去买菜。早晨四五点出门，上午九十点钟回来。有一次我和文文约好三点钟就去菜场，结果跑去一看，卖菜的人还没上班，但菜场已经开门，每个柜台上挂一两盏明亮的白炽灯，在卖肉的柜台前已站着五六个人。我们买菜来回都要经过小四家门前，小四一般不去买菜，他们家门口自己种了一些蔬菜，而且养鸡、养鸭，有一阵，还养了一大群小鹅，是淡黄色的，浑身毛茸茸的，长大就变白了。我每次经过时，一群鹅就"呱呱呱"跑过来。小四的妈妈就在我的菜篮子里挑一点什么，我很高兴，因为他们经常夸我大方，我真的很大方。有一次，小四的妈妈发现我买了许多卷心菜（南京人叫包菜），就让我一齐倒出来，她把每颗菜都剥了一遍，外面的菜叶都剥下来喂鹅，鹅特别爱吃卷心菜，而剩下的都是菜心，圆润结实，又有光泽。小四的妈妈说："回头你们家人一定夸你聪明，会买菜，买来的都是菜心子。"——果然，一回家，奶奶和阿姨都这么夸我，所以以后我天天都买菜心子回来。看着那群小黄鹅一天天变白，我心里有说不出的喜悦，嘴里常念着：

鹅鹅鹅，曲项向天歌。

白毛浮绿水，红掌拨清波。

二十九

过年的时候，每个孩子都要做一身新衣服。我最喜欢拉链衫，棕色卡其布，拉链拉到一半，露出里面白白的衬衫领和红红的卫生衣[①]，稍微热一点就把拉链全部拉开，走路一甩一甩的，跑起来两臂生风，衣服全鼓起来……不过很多情况下，我都是穿姐姐剩下的，旧一点破一点都无所谓，但不能是花的。宝宝有一件绿色短大衣穿旧了给贝贝穿，贝贝穿旧了就是我的。我穿那件绿大衣特别合适，穿上以后，宝宝、贝贝都争相给我“加加漂亮”，用梳子蘸了水梳个小分头，再把一双小黑皮鞋擦亮。有一次我漂亮得忘乎所以，宝宝、贝贝也兴奋异常，于是她们决定用一根竹竿把我抬起来——真的抬起来了，然后可想而知，一个倒栽葱，眼冒金星不提。

在我印象中，姐姐的棉袄罩衫特别漂亮，是妈妈找门口的裁缝做的：淡红的底色，上面印着白色的梅花瓣，里面的棉袄把罩衫撑得平整光滑，肩膀圆溜溜的，中间的一排揿扣锁在里面，

① 当时的一种红色球衣，南京人称“卫生衣”。

外面同样的位置有一排用红布包裹的装饰扣。宝宝、贝贝一人一件，颜色和样子完全相同，只是一长一短。贝贝的个头到宝宝的鼻子，我比宝宝矮一个头，但我经常把她们叫过来，她们站在我面前不知道干什么，我突然就把她们的揿扣全部扯开，我知道里面的棉袄也是揿扣，这样就露出橘黄色的毛衣，是妈妈亲手织的，上面有鱼鳞似的花纹。

两个姐姐都比我爱照镜子，而家里只有一面放在桌上的椭圆形镜子，用铁架支撑着，镜子背面的玻璃下，嵌着一张红纸，上面写着毛主席语录："人民，只有人民，才是创造世界历史的动力。"这面镜子平时足够用，可是一到逢年过节姐姐试新衣服的时候，就嫌太小了，需要我拿着，围着她们转，或是她们站在我面前自己转圈。宝宝穿什么衣服，就会有什么样的表情。而贝贝不管穿什么衣服，都是一个表情：笑眯眯地对着镜子，脸上露出一对小酒窝。

而对面的林阿姨家有一个大衣橱，衣橱上有一面穿衣镜，可以照到全身上下。林阿姨的两个女儿阿鉴和阿华是姐姐的好朋友，比姐姐大一两岁，姐姐经常过去和她们一起照镜子，尤其是除夕的下午，因为第二天一早，家家户户的孩子们都要穿着新衣服到院子里前前后后走一圈，然后再去亲戚朋友家串门。

试完了新衣服回家，就到年三十晚上，一年一度，年年代代，我们盼望的佳节：天色渐渐暗下来，平时一向节俭的奶奶，让我们把家里的灯全部打开，没有人的房间也亮着灯，一年只有这天夜晚，只为尽情享受幸福生活，享受全家人的和睦团圆。厨房里最热闹，香味、油烟、欢声笑语一阵阵从敞开的窗口飘出，外面已传来零星的鞭炮声。春节像一台大戏，序幕徐徐拉开——天黑时，无论哪一家哪一张饭桌，能摆满的都摆满；至于“家贫清过节”，这句话只适于别的节日，春节例外。春节，再穷的人家一时间都成了大户，好吃的随便吃，好喝的统统拿上来……我们大钟新村年年都是这样。而对我和两个姐姐来说，最幸福的时刻还在后面，年夜饭之后，撤下杯盘，把桌子擦得油光发亮，然后一家人聚在一盏白炽灯下，圆形的灯罩把灯光化成一道道波纹似的光环，木纹在桌面轻轻颤动。这时，我就和宝宝、贝贝一人抱着一只饼干筒，围在妈妈身边，看妈妈像变魔术似的变出花生糖、芝麻糖、胶切片、奶油瓜子、云片糕、话梅、蜜枣……我们三个人每样都可以分到自己的一小份，装进自己的饼干筒里……然后就是奶奶给压岁钱，我们把钱装进棉袄口袋里；再出去玩，想法就多了，又想买这个，又想买那个，一块多钱至少想买二十几样东西……

人影在黑暗中晃动，电光一闪，一声巨响；小孩们可以抽烟，因为有一个正当的理由——点炮仗；然后总能听见“哐啷”一声，不知哪家的玻璃又被哪个孩子砸碎了。

这样的情景年复一年，童年的幸福原本只是重复，重复那些单纯的快乐幸福，其中的每一个瞬间，都要细细体会很多年，才能体味它的原汁原味。

但是，心情最美好的时候最容易受伤，平常的一些不幸如果发生在春节就会变成一场灾难。因为从除夕到春节，我们都生活在幻境之中，所以那时发生的事情，记忆最真切：忘了哪一年，年三十下午，宝宝从对面林阿姨家回来，神色不对，她说：“对面出事了。”我于是跟着姐姐来到对面。一进门，只见衣橱的穿衣镜上，交叉贴着两条醒目的标语：“只许地主婆老实交代！”“不许地主婆乱说乱动！”阿鉴和阿华静静地坐在椅子上，看着我们也不说话，姐姐也不敢再照镜子。林阿姨的丈夫方先生已经被抓走了，方先生的母亲戴着黑帽子坐在小房间一声不吭。林阿姨正在厨房里做饭，那天是个例外，他们家没做什么好菜。

以后的日子照常进行，林阿姨一家进进出出，好像那两条标语并不存在，可是它们却实实在在地贴在穿衣镜上，白纸黑字，加上两个惊叹号。它们像封条一样封住了林阿姨一家的正常生活。我们很少听见对面的动静，偶尔串门，连我们都能感觉到空气压抑、凝重，一向热情活泼的阿鉴也默不作声，阿华更是闷闷不乐。直到有一天，一声尖厉的叫喊打破了很久以来的沉默，那是林阿姨的声音：“我是共产党员！你是地主婆！”

以后什么也没有发生，日升月落，“早请示，晚汇报”。不知过了多久，那面穿衣镜上的标语终于消失了，回想起来，好像不是什么人，而是岁月将它渐渐抹去的。

三十

从前在黑暗的迷途中梦想和挣扎过的人，他们有义务去告诉未来的孩子们曾经发生过的事情：其实生活之路并非某种思想或宗教的影子，而是一条由无数风尘、朝露和世代的梦想汇成的河流，它所包含的，远比人们当时所能意识到的更精彩、更丰富，只是无限风光在人们不经意间已匆匆流逝，留在记忆中的并不多，记住并能从中悟出道理的就更少了。——生活中究竟哪些事情值得深思、回忆？

林阿姨的那声尖厉的叫喊究竟意味着什么？现在下结论为时尚早。人们许多次“觉今是而昨非”，而今天又很快变成了昨日。所以我的朋友，我想告诉你的，只是这里曾发生了什么；人们以为了如指掌的那段历史，在我看来，依然是个谜。你是我的朋友，我想跟你说的还有很多很多……

我们小时候用的脸盆大多数都是搪瓷的，有红的、蓝的，摸上去很滑，盆底通常印着树枝、红花，也有全白的脸盆，盆底印着“为人民服务”“要斗私批修”之类的红字语录。这种脸盆很结实，一般都可以用好多年，脸盆用旧了当脚盆，脚盆用坏了装煤灰，煤灰盆磨破了当垃圾盆，盆底出现漏洞，再垫一块硬纸板还可以用几年。脸盆上的搪瓷，除了敲打磨损之外，一般都不会脱落，何况搪瓷中嵌着铁皮，十分坚硬。但有一次，我亲眼看见一位弱女子，用双手将一只崭新的搪瓷盆像拧面粉一样拧得扭曲变形，当中的搪瓷“嘭嘭”直往外跳，那只手上还带着血，因为刚砸碎一块玻璃——

有一天傍晚，我和洛荣正在院子里闲逛，突然听见有一户人家的小房间里传来凄惨的嚎叫，然后就听见玻璃被敲碎的声音，我们抬头一看，顿时惊呆了，那不是陶阿姨吗？这位平时一向温文尔雅、沉默寡言的外文系女教师，怎么会突然变成这个样子呢？隔着被砸碎的玻璃，我们看见锯齿状的玻璃缺口上沾满血迹，陶阿姨披头散发地站在屋里，随手拿起什么，就往地下摔，屋子一片狼藉。接着，她就拿起一只红色的搪瓷脸盆，狠狠一狞，我们站在窗口，就听见搪瓷“嘭嘭”直跳的声音。邻居进来劝阻，一位白发女教师苦苦劝说，另一位老人夺下她手中的脸盆。陶阿姨泪流满面，却没有哭出声音……

陶阿姨是一位举止端庄、穿戴考究的窈窕淑女，我们小时候，她二三十岁，独身一人，独来独往，除了和少数几个好朋友之外，跟谁都不来往。而她经常来我们家，说话声音很轻，和妈妈说上海话。她给我的印象就是非常整洁干净，头发一丝不乱，眼镜片上没有一丝灰尘。妈妈说，陶阿姨的父亲从前是上海的一个资本家，后来去了香港，1949 年后回来过一次。而陶阿姨 1949 年后入党，工作勤奋积极，业务水平一流，在学生和教师中都很受尊敬。可是后来组织上要求她与父亲划清界限，她开始揭发、批斗父亲，并受命在暗中监视父亲的言行。最终，她的父亲被捕入狱，死在狱中。与此同时，陶阿姨变成了另一个人……没有人了解陶阿姨的心思，我相信，相对于她的内心世界，一切想象都苍白无力。

这些令人痛心的事情就像插在那堵灰墙上的玻璃片一样奇形怪状，刺伤我的童年——

我还有一个好朋友叫康深，比我大十来岁，是院子里有名的才子，善写文章诗词，可是因为我太小，还没来得及与他交流，他就疯了。我这样说他，很不恭敬，其实我冒犯谁，也不愿冒犯他，他的确是我的良师益友，我的兄长、近邻，可他的确疯了，我宁愿说他疯了，也不愿像院子里的人那样说他“神经病”。康深的父亲是化学系教授，为人忠厚、耿直，在院子里德高望重，而他的母亲从我记事时就自杀了，死因我也不清楚。康深有一个妹妹，性格孤僻，少言寡语，而他相反，恨不得一见谁就立刻掏出自己的心。有一年冬天，我和他一起长跑，在鼓楼广场上，我跑了 35 圈，他跑 50 多圈，跑得筋疲力尽，脸色苍白，然后他就走到我面前，握着我的手说：“好兄弟，明天再来！”他看着身材魁梧，但其实很虚弱，常常看见他嘴唇发紫，浑身上下不停地哆嗦。

他不仅在鼓楼广场上跑，还背着沉重的书袋，在南大草场跑；回到院子里继续跑，而且总喜欢找人比赛。有一次，小四的哥哥请来一帮朋友正在那里闲聊，看见他在跑步就不停地笑。“朋友，过来比比？”康深说道。那帮人中走出一个矮个子，样子很文静，像个白面书生。“好吧，比一比。”院子里，从海泉家到小四家的那条柏油马路约三四十米。一次比下来，康深落后一步，输了。心里不服，他又要比，又站出来一个高个子的和他比，开跑之后，起初那个高个子放慢了脚步，故意让康深领先，眼看快到终点，他又忽然加快脚步，超越了康深……就这样，康深接连输掉比赛，受了严重刺激。当晚，一向温和的康深的父亲大发雷霆，指责那帮人太缺德……而在我想象中，被激怒的康深像一头斗败的公牛，一头撞在树上……我永远也忘不了康深跑步的姿势，昂首挺胸，眼望苍天，好像要跑到永恒中去，每一个动作都拿出吃奶的力气。

当时苏联与中国在珍宝岛开战，康深用俄语写了一封告苏联同胞书，他给我们大声朗诵，我们一句也听不懂，他就给我们逐字逐句翻译。大意是说：你们要保持头脑清醒，中国人民是不可战胜的。念完之后，大家热烈鼓掌，然后他就跑到邮局把信寄了出去，不知他信封上是怎么写的。回来以后，他逢人便说：“胜利了，我们胜利了！”

有一次，居委会的老太太领着一群人到村里来杀鸡，人们预先得知了消息，就把鸡都关在家里，结果那群人就提着棍子、菜刀挨家挨户敲门。到了康深家门口，只见他站在楼梯口，冲着下面吵吵嚷嚷的人群大声叫道："楼下的私生子们，你们看着！"他说着，一拳一块玻璃，把楼梯上的玻璃窗全打碎了，满手鲜血淋漓……那群杀鸡的人见势不妙，便灰溜溜走开了。

可后来有一天，忽然听说康深死了。院子里的孩子们每人出了5毛钱给他送了一个花圈，大一些的孩子都去参加了追悼会。回来以后，人们纷纷议论着他的死因。

小雪死的时候，我对死亡还没有概念；见了楼下钱老头的棺材，第一次产生了对死亡的恐惧和冥想；而康深的死，却真正让我痛心难过。他死后我才发现，他从前的眼神发愣、发直，好像有很多话要说，可没有人听。那种眼神后来我又在后三栋的一个女孩眼睛里见过，她一愣神，她弟弟就在旁边叫道："姐！——姐！"那些日子，空气中好像飘浮着迷幻药一样，大人孩子都神志不清。

三十一

辛静，我怎么会跟你说起这些来了呢？真想不到的，原先我只想说说童年的蝴蝶、蜻蜓，让你高兴高兴，可说着说着，你让我想起很多我自以为早已忘却的事情。你知道，如果有谁唤醒了你的记忆，这人便是你的恩人，你的救星。我怎么感激你呢？

“不用啊。”辛静说，“这会儿我要上班了。我想再去看看你的父母。”

“嗯。”我点点头。感觉有些恍惚。我们说了多久？几天几夜？谁也说不清。但总之，我们的历史翻开了新的一页。正如辛静出门时说：“从今以后，南京对我来说都不一样了。”

爸爸、妈妈还像前些日子一样安安静静地躺在病床上，这两天多亏了两个姐姐轮流照顾，让我回到大钟亭走了一遭，走得神魂颠倒；再坐到爸爸、妈妈面前，感觉自己一下又变成了小孩，童年世界中的一切都还在身边：黄墙蓝瓦、白雪红亭、山川草木，荷叶、蜻蜓、石子路、冬青树……柳暗花明，历历在目。一朵花、一叶草、一只蟋蟀，一个个大人孩子，幸福的人、苦难的人，他们一个人也不曾离开；斗转星移，世事变迁，在我心目中，他们不仅存在，而且至今生活在一起，互相张望，彼此感应，并目送着一个又一个的孩子，出生、成长、去远方……而我已从远方归来。辛静，你知道吗？现在你是大钟亭的主人，我是客人；可我曾经也是主人，就像有一天你也会变成客人，那时，孩子们又会说："这些事说起来，离我们已经很遥远了……"可是辛静，你没这么说。知道吗，你看似只是倾听，其实已参与了我的童年。我的童年并不确定，过去的岁月有谁可以用具体的数字来衡量呢？童年是什么，不仅在于童年，也在于日后的生活；童年是挂在生命树上的鲜果。对生活心怀感激，童年也会因此而变得无比美好。若不是遇见你，我从前的生命会是这样的吗？我会记住每一只蝴蝶的微笑，每一束秋天的阳光？我会记住那些我似懂非懂、如梦似幻的苦难和幸福——一个梦是噩梦还是美梦，不就取决于梦醒的那一刹那吗？而在那一刹那，我遇见你，你领我回家，回到大钟亭，在隐约的钟声与阴影之中，在无影无踪、无声无息的落叶蝉鸣与蟋蟀的琴声之间，我和你一同沉醉的世界是哪个世界，谁能说清？时光在城市人群中川流不息，若不是远离故土，若不是故乡在我一次次归来时面目全非，若不是你又让我一见如故，从前的这一切会是这样的吗？而此时此刻，天气虽然寒冷，回忆却像冷风中的一盏灯，我们依然是灯下的夜行人……

三十二

刚才我写日记的时候，陶阿姨突然进来，手里拿着一束鲜花。我合上日记本，请她坐下——

这么多年过去了，陶阿姨并不显老，只是头上多了一些白发，她还像从前一样，举止端庄，温文尔雅，头发一丝不乱，眼镜片一尘不染。她坐在妈妈床边，又开始说起上海话，她的话音里有一股上海三十年代的气息：不要急，侬看，三个小囡都回来了……

现在辛静正在帮妈妈剪指甲，剪得很仔细；妈妈坐在床上很舒适的样子，我不知该如何感谢她。我说："刚才来送花的就是陶阿姨。"辛静点点头，继续给妈妈剪指甲——有那么一瞬间，我感到我们已经是一家人了。但这种念头转瞬即逝，因为毕竟她穿着大白褂。而我现在还在想着陶阿姨，看得出辛静也在想着她，她这会儿正走在回家的路上，那颗饱经忧患的灵魂，至今保持着庄严的沉默。我担心她会将心中幽事，带进坟墓。

辛静似乎看清了我写的每一个字；现在我的字句都是在她的

注视下写成的：我写什么不取决于我，而取决于她的眼神。她刚才还在给妈妈剪指甲，现在剪完了，正在用指甲刀背面，给妈妈锉指甲，她锉得很轻、很仔细。

“要洗头吗？”辛静又问。

“算了，太麻烦了。”妈妈说。

“没关系，我给你洗一洗吧。”现在辛静走了，去端水。

妈妈说：“这里的护士真不错。”

我说：“还是洗洗头吧。”

现在辛静端着一盆水进来，两个姐姐也从隔离房间进来。她们三个人一起忙着给妈妈洗头，我去隔壁给爸爸刮脸。爸爸刮完脸显得年轻了许多。

现在是下午4点30分，陶阿姨走后，系里的领导和同事陆陆续续地前来探望，鲜花、果篮堆满桌面、床头。我和姐姐都站在一边，让这些老同志坐在床边和椅子上。他们大多都是七八十岁的老人，其中有从前一起参加地下党和历次学生运动的同学、战友，也有反右和“文革”时期一起共事的朋友或斗争对象，还有从前的学生。人到这个时候，心态都变得平和了许多，看他们互相握手、亲切致意的样子，你完全分不出这些人中，“谁是我们的敌人，谁是我们的朋友”，大家相逢一笑，但过去的事却都历历在目，时时萦绕心头。

晚上，人都走了，我坐在爸爸床头和爸爸聊天叙旧，说起我们小时候的事情，才发现当时爸爸的心情与我们截然不同。那时的大人孩子，完全生活在两个世界里，就像从前大钟新村冬天的屋顶：朝南的已冰消雪融，流水淙淙；朝北的仍白雪皑皑，阴影重重。

爸爸的床头搁着几本书，其中有一本许广平编的《鲁迅书简》，由“上海三闲书屋造印”，“中华民国二十六年六月初版”。在这本书的扉页上，有爸爸的手记：

> 民国廿七年，以豫东战事吃紧，余家由南阳赊旗镇雇一叶之小舟，顺庄河入汉水而抵武汉途中，洪水暴涨，猛浪若奔，几遭没顶。迨达衡阳，终日警报频传，寇机日夜窜袭，曾未一刻心安也。及武汉弃守，长沙大火，风声日紧，余等又流徙至桂林。为免空袭之险，乃于七星岩近旁租板屋一间。时各方难胞多集桂林，殆有人满之患，故多有拿钱而租居不着者。而余等之所居四壁已半倾斜，睹目皆为裂缝。时穷冬腊月，冷风料峭。尝夜半为之抖索而起……凡此种种，不堪倾诉。幸后以我前线忠勇将士之浴血搏击，各方战况渐见好转，余等始束装北返，而暂了此辛酸之生活。今书此数行，以矢不忘，并志止卷之文，曾为余彼时愁苦中之惟一慰藉耳。

这是爸爸 15 岁时用毛笔记下的一页。爸爸自己不以为然，觉得字写得不好，文笔寒酸；我就不说什么了，而心里明白，这是我们的传家宝。爸爸由此谈起许多小时候的事情，我意外地发现，他的记忆力惊人，许多小事的细节他都能一一再现，让人身临其境，而这种本领正是我一生所向往的。爸爸告诉我，他研究了一辈子历史，这才发现自己更适合文学创作。我说我学了十多年文学，至今才意识到，早该去研究历史。但转念一想，其实我们一生想要做的是同一件事，这件事正是我们家族的梦想：它没有名称，只是一个梦。父亲倾注了后半生的心血去研究克伦威尔、拿破仑、尼古拉一世等，其实他心里想说的只有一句话，但为此，他必须忍受苦难，长年默默撰写皇皇巨著；而他的生命本身就是一部历史，是他的历史著作的最佳注释。于是我开始相信：所谓历史，并不是王朝的兴衰与更迭，也不是帝王将相的得失宠辱，而是普通人的命运与生活。这样想来，我的文学已开始向历史迈进了。

我正和爸爸高谈阔论，辛静进来换药。

爸爸问："我现在的情况怎么样？"

"比以前好多了。"辛静笑着说。

三十三

雨丝渐渐温暖起来，春天到了。大钟亭茶楼又上了一批新茶，来了一批新客人。新上的茶叶都是清明以前采下的，所以叫明前茶。不知采茶人姓甚名谁，从中山陵或雨花台的哪一片茶场采得，而我喝到的雨花茶，每年都有新的滋味。辛静喝着同样的茶，或许是另一种心情。但眼前的大钟亭对我们来说已是同一座大钟亭——现在它又淋了一场春雨，旁边的银杏树叶已开始返青。

你知道，辛静，每年换季的时候，我就觉得自己像一棵树，发芽或结果。我喜欢在不同的季节做不同的事情：秋天恋爱，夏天旅行，而春天最适合回忆冬天的事情……前面我跟你说了那么多，好像没有冬天；回想起来，冬天的事情埋在最下面，可能是因为冬天下雪的缘故——

有一年冬天，天空灰白，我睁开眼睛之后好久都没醒，就这样梦游似的跑到外面。寒风夹着雪片吹进门洞，我在一个个门洞间到处乱窜，一扇扇厚重的红门把寒风挡在外面，门洞幽暗，里面的人站在温暖的空气里，红宝书搁在胸前。有的门洞里人很多，楼梯都站满了，大家默不作声，我一推门，雪片立刻随冷风吹进去，在地上化成一小片浅浅的水印。我突然感到好多双眼睛在黑暗中盯着我，他们的目光都是湿乎乎的，像晨雾一样涌来，眼前一片模糊。揉着眼睛跑出来，我不知当时的人群是站在现实中的红门后面、木楼梯上，或是站在他们的梦里，也不知自己是梦是醒，但毛主席像却实实在在地挂在墙上。很难判断当时的情景是否是真的，但它们已成为我生命中的一幕，还有四面缭绕的歌声：

东方红，太阳升，

中国出了个毛泽东……

那声音不知是哪儿发出，也不知唱歌的是真人还是幻影……“早请示”到了冬天，就和风雪、梦幻交织在一起，印入记忆。

另一幕情景印象更深：两个小男孩像做游戏一样，让后三栋的萧先生低头认罪，早晨的阳光照在萧先生弯曲的背上，他后颈上方挂着稀疏的头发，一圈白一圈黑……他们在做“打倒”游戏：两个男孩命令他从上到下喊一遍“打倒”；从“打倒刘、邓、陶”到“打倒江卫青”（当时江苏省委书记），“打倒匡亚明”（当时南京大学校长）……最后是打倒他自己——“打倒萧××”，这一声，他喊得最轻。而后，两个男孩相互递了个眼色，就说：“好，你可以回去了。”萧先生便低头回家了。刚才说到的那个神志恍惚的女孩就是萧先生的女儿，她一发愣，她弟弟就大声喊：“姐！——姐！”而等她醒过来，她弟弟又出了问题。我们经常逗她弟弟（比我们大），让他来追我们，我们一转弯，他就逮不住了，因为他不会转弯，就顺着原来的方向一直跑下去……

很多事情都发生在那个冬天。也可能很多冬天在我印象中凝聚成了一个冬天：雪地上黑霜点点，那是化工厂的烟雾；树枝上的小黑洞密密麻麻；但人们对此习以为常。白雪覆盖了厂房上的乱石碎瓦，把曾经轰轰烈烈的破坏场面掩埋在下面。那年冬天特别安静，静得每一片飘零的雪花都在沉思……

一队黑影从刘妮娜家里出来，搬着台灯、沙发和一些闪闪发亮的玻璃器皿。刘妮娜和她的丈夫站在窗口，像送客一样目送着它们；莎莎和维加躲在垃圾箱后面偷看；我们一群孩子跟在那群陌生人后面，雪地上留下一连串大大小小的脚印。那群陌生人总是背对着我们，因此对我们来说，他们的脚印比他们的面孔更清晰。我们像小尾巴一样跟在后面，从后三栋走到前三栋，直奔地质系的宋先生家，宋家的小儿子在我们中间拍着手大声欢呼：“噢，到我们家喽！”可一上楼，小宋见他父亲沉着脸，便不说话了。人群像义务劳动中传递红砖那样，把宋先生家的东西从二楼往下传……回到家里，看爸爸也板着脸，我也不说话，就听姐姐问："那些抄家的人会不会来我们家？"爸爸摇摇头，叹了口气，一句话也不说。

"抄家"的人没来我们家，但我们家来了几个人，比抄家的更可怕，其中有妈妈系里的曹阿姨，她平时总是笑嘻嘻的，而那个冬天的晚上，脸上像结了冰，说话声音也像："收拾收拾跟我们走吧！"妈妈开始收拾东西，爸爸坐在藤椅上抽烟，不说话。收拾了一半，妈妈躲进厕所，等再出来，眼睛通红。平时井井有条的妈妈，那天丢三落四的，什么东西都找不到了，而且把书和茶杯都碰倒了，掉在地上；吊灯也在空中摇晃，整个家都跟着晃起来，窗帘、书架和墙壁好像都要倾倒……妈妈在全家人的注视下被曹阿姨和几个青年人带走了，爸爸问了句什么，我没有听清楚，只听曹阿姨说："组织决定，隔离审查。"

那个冬天，爸爸也下乡了。家里一下变得空空荡荡，因为他们这次离开家不同寻常，什么时候才能回来，谁也说不准。我扶着奶奶去鸡鸣寺烧香，奶奶裹着小脚，走路摇摇晃晃，一路上，我再一次感觉到她按在我头顶上的手在不住地颤抖……奶奶烧香、磕头的情景我已经记不清了，印象中，鸡鸣寺里并没有庙，只有一座高塔，但记得那天回来以后，奶奶就拉着我和两个姐姐去大钟亭照了张相。这种情况是很特殊的，因为奶奶最不喜欢照相，相片洗出来之后就给爸爸、妈妈寄去了。那张黑白相片现在还在，奶奶皱着眉头，好像阳光太刺眼了，宝宝、贝贝昂着头站在两边，我站在奶奶前面，缩着脑袋，穿着鼓鼓的小棉袄，灯芯绒长裤上还有两片整齐的长方形补丁。我们站在石阶上，旁边是银杏树，身后是大钟亭。给我们拍照的是姑父，爸爸、妈妈不在家的时候，娘娘和他经常来照顾我们。姑父经常给我们削苹果，我们吃苹果，他吃皮。但后来他们也带着儿子下乡劳动去了。

那个冬天，我经常跪在爸爸的铁床上，隔着玻璃窗望着窗外，天冷得发青发白，偶尔会有一两只冻伤的鸟栖息在窗前的白杨树上，与我对视。我发现它们圆圆的小眼睛里有一圈淡红色的光环——小鸟的目光在冬天会变得暗淡，想必那几只鸟对我也是同样的印象。

冷风呜呜地响，如果枯树被吹断，我一定会下楼把它捡回来，结果我捡了很多，给奶奶生炉子。奶奶住在小房间，每年冬天，房间中央就要生一个铁炉子，炉子的冒烟口插着一截截的白铁管，铁管彼此相连，在房间里绕一圈之后，伸出窗外。如果接缝不紧，接口处就会冒出缕缕细小的青烟。保姆上午来，下午只有我和两个姐姐围着奶奶。奶奶经常给我们讲故事，我那时太小，记不住，两个姐姐记的比我多。姐姐说大钟亭的故事奶奶早就讲过，可我一点印象也没有，我只记得奶奶唱过一首河南老家的民谣：

大雪嘭嘭下，

柴米涨了价。

烧了板凳腿，

棒槌又害怕……

奶奶唱这首歌时，外面正下着雪，唱完之后，奶奶就要打开米缸看一看，米缸若是不满，就催我们赶紧去买米，有时候必须撑着伞，冒着雨雪。我和两个姐姐一人能扛 20 斤米，从粮站走回来，粮站离家大约 1 公里。我们家的米缸很大。60 斤米只能装半缸，所以家里的米总有 100 斤以上，这样米缸下面总是不动，于是就生出许多米虫。奶奶没事就戴上老花眼镜坐在窗口仔细挑拣……

而我们更希望她做的事情是煮红枣汤：寒冬腊月，只要红枣汤炖在炉子上，一人家就很暖和，红枣起初是皱巴巴的，放在锅里一煮，皱纹就慢慢消失，变得圆滚滚、亮晶晶的，一吃才知道，奶奶在里面放了许多冰糖。

屋里暖洋洋的，红枣盛在小瓷碗里，一人一碗，一只瓷勺搁在碗里。我们端着碗围在火炉边，这时，炉子上总是搁着那把老茶壶，它张着嘴，腆着大肚子，看上去像一尊可怜的泥菩萨，浑身都给烧糊了，壶把也已经断裂，上面缠着白布和几根粗铜丝，壶底被小铜匠换过。但很快又烧黑了——黑黑的铁皮像古画中的莲花宝座。我们盯着这把老茶壶看了整整一个冬天，而那壶水一直没有烧开……

三十四

早晨睁开眼睛，窗台上多了一只圆圆的玻璃瓶，瓶子里盛满水，水里晃动着雨花石，石头里的花纹、树影与晨光一并映在玻璃窗上。这时我知道，春天已经来临——这是宝宝刚从雨花台拣回来的。这会儿她正趴在窗前全神贯注地观察着这些雨花石，就像我当初看金鱼一样，可我的金鱼已经死了，她的雨花石都还活着，一个一个，圆润、殷红。

春天到了，爸爸、妈妈还没有回来，家里静悄悄的，窗前的白杨树在新鲜的阳光里发出新芽，奶奶的白发已变成银白色的，常被春风吹乱。外面的野猫又在“喵呜”呻吟，时常还能听见乱石砸猫和野猫“嗷嗷”的惨叫和“嗖嗖”的逃窜声，可我已无心伤害它们。春天，孩子的心不知哪儿去了，我找不到自己的心，只能茫茫然看着别人做好玩的事情。我没有人玩：蛐蛐和知了的季节还离得很远，各种蚂蚱到处乱飞，我只是偶尔捉来一只“鬼头”，轻轻捏住它的双腿（它的腿上有尖尖的小刺，刺在手上有一点点疼，一点点痒），让它给我磕头，它磕几个头就口吐黄浆，气得我赶紧把它甩掉。它一飞走，又剩下我一个人站在新绿的草丛中，草丛已剩下不多，散布在墙角和树根旁边，好在大树还很茂盛。

这年春天，姐姐开始养蚕，在我看来，养蚕是女孩儿的事情，其实我心里也很喜欢蚕，但不好意思养，因为蚕太温柔，不会叫，也不会斗，只能仰着脖子慢慢绕，一口一口细细吐丝 ，所以养蚕的人都叫蚕姑。但是姐姐养蚕却非同一般，她们两个几乎在蚕身上倾注了全部心血：冬天快要结束的时候，她们就从朋友那里要来一小张粗糙的黄纸，上面粘着一粒一粒比芝麻还小的黑色蚕子；到了春天，大约三月初，就把这张纸放进纸盒里，在上面盖一团棉花，慢慢地，小蚕就从小小的籽粒中钻出来。小蚕出生是一件大事，姐姐轻轻撩开棉花，屏住呼吸，仔细察看着小蚕在盒子底部慢慢地转动着身体，然后再把一两片擦干的嫩桑叶盖在上面；小蚕埋在底下，等它们咬破桑叶钻出头来，就已经长大了一点。蚕一生要蜕皮三四次，蜕一次身体就更粗壮一些，颜色也稍有改变。蜕皮时，蚕会突然昂起头，停在那里，陷入沉思，然后身体就从旧壳里一点一点蜕出来。蜕下来的壳很薄，是淡黄色的，一碰就碎，而刚脱皮的蚕，皮肤嫩白，感觉轻轻一碰它就会很疼，我们不忍心碰又特别想碰它，因为没有什么比刚蜕皮的蚕更娇嫩。宝宝平生最怕软软的虫子，像各种毛虫、青虫，她一见就会尖叫着跑开，可是对于蚕却截然不同——只要蚕稍大一些，她就会把它放在手心上，细细察看；

我站在一边，发现蚕的脚有各种颜色：黄的、白的、粉的，脚的颜色与最终结出的茧颜色相同。蚕一天天长大了，吃的桑叶越来越多，如何找来足够的桑叶喂那十几只蚕，是姐姐最上心、也最伤脑筋的事情。有一个严峻的事实：院子里没有一棵桑树，只有楼下的晓时家有一株桑叶苗，只有半尺高，一两个月才能长出两三片嫩叶，叶子刚萌芽就被掐掉——养蚕的孩子不少，那株小苗全村的孩子都惦记着。有一次，姐姐深夜下楼，去采来两片小桑叶，绿绿的叶片盖在蚕的身上，我们在灯下注视着，眼睛都在放光。记得那天夜里几只饿坏了的蚕都侧过身来，从边缘啃桑叶，就像姐姐平时啃苏打饼干一样。蚕每天都在长，我们每天都能发现；但我们却感觉不到自己也在长，我们就像蚕的父母一样。为了找桑叶，我们曾和院子里的几个孩子一起走很远的路，到郊区去采桑叶，那里有一片桑叶林，但看林人很凶，我们一去就被发现，最后只能买，五分钱可以买几片，采回来放在湿毛巾下面，可以喂很长时间。后来奶奶想出一个办法，让蚕吃一点桑叶，吃一点莴笋叶，这样一搭配，蚕就不至于饿着了。蚕只吃桑叶，在不得已的情况下才吃一点莴笋叶，但有人以为蚕会吃毛桑叶（貌似桑叶，上面长着绒毛的一种树叶，院子里有好几棵这样的树，枝叶茂盛），其实不然。蚕之所以高贵、精美，正因为它饿死也不会饥不择食。也正因为如此，蚕丝才格外纯净。

几个月之后，蚕就会长到一寸长。蚕一般都是白的，有一种

“老虎蚕”身上有黑色条纹，样子更凶，身体也更壮些。但无论什么样子的蚕，到了春夏之交，都要“上山”——像从前蜕皮一样，它的动作忽然间变得凝重迟缓，直到停住不动，那一幕情景确实有些悲凉，因为这一次它不再蜕皮，而是“上山”，上到“山”上，就再也回不来了。“山”是几根交错的稻草，干硬、枯黄，年迈的蚕缓缓爬进草丛，转动着脑袋，环顾天地，像是在和这个世界告别，这是真正的诀别，是永别。当它吐丝之后，就用茧把自己包裹起来，这绝不是什么“作茧自缚”——正如“金蝉脱壳”是对知了的亵渎，“作茧自缚”在我看来，也是对蚕的诬蔑。我怀疑发明这两个成语的人对知了和蚕既没感情，又不理解——蚕最终吐丝把自己包裹起来，是在倾吐自己一生的心血，是在为自己举行神圣葬礼，这葬礼悲壮而简洁；它谁也不惊动，谁也不打扰，就将自己隐藏起来，隐居到另一个世界，然后再从那里钻出来，变成一只飞蛾，在爱过之后，生出一大片籽粒来。我想，如果耶稣养过蚕，他一定会用蚕来作比喻，让他的门徒学习春蚕吐丝。蚕的一生包含的道理，或许孩童比成人更能领会和理解，当然必须是养过蚕的孩子。等我有了孩子，我不会让他去养猫、养狗，一定让他养蚕，而为了养蚕，我必须得有两个女儿……

话说远了，但是我告诉你，所有这些并不是我事后编造想象出来的，童年时我确曾有过这些感受；而所有这些只是我无限丰富的童年感受中很小很小的一部分。若是能展现出我的童年世界，我将是世界上最富有的人。说到这里，你知道那时候我认为世界上最富有的人是谁？就是住在我们院子大门口的一个叫毛娃的人，是贝贝的同班同学，他们家有一棵桑叶树，生长在围墙里面，高高的树梢越过灰色水泥墙，露出碧绿的桑叶，层层叠叠，还有青红的桑果闪烁其间。我们每次从他们家门口经过都要抬头仰望，低头沉思，就觉得他们家那么富，而我们是那么可怜，要给我们的蚕吃莴笋叶……

多年以后的一个夏天，我和一个朋友一起在美国纽约州的长岛旅行，在路边看见一排桑叶树，那是真正的桑叶，上面结了硕大的果实，青的、紫的、红的、白的。我们扑上去大吃一顿。回想起来，那一次我是在为那些从前被我们饿坏的蚕猛吃，我想弥补从前的缺憾！这种缺憾是一生的缺憾——满树浓密的大桑叶，那么多的桑叶有什么用！

那年春天，爸爸、妈妈不在家，我是看着姐姐养蚕度过的。我的两个姐姐都是养蚕专家，我不大会养蚕，但对蚕的感情和对蚕的理解几乎和姐姐是一样的。蚕曾经和我们一起生活，一起等待，虽然只过了一个春天，但此生我对蚕的感情只会随着岁月的流逝而逐步加深。我的朋友，这种感情不知道你是不是能够理解。

三十五

夏天，爸爸刚刚参加建桥劳动回来（他和许多南京大学教师一起，投入了南京长江大桥的建设施工），好像变了一个人，像蚕一样蜕了一层皮，蜕皮之后，颜色变深了——爸爸没有被晒黑，而是晒红了，那种红是赤红，就像烧红了的铁，左看右看，前看后看都是红的（只有头发开始发白）。爸爸穿着一件肥大的蓝布短裤站在我们面前，裤子上系着白裤带。我站在前面，姐姐站在后面，我看见爸爸的肚子瘪瘪的，像泄了气的皮球，肚子两边的肋骨一根一根，像树枝一样排列。姐姐站在爸爸背后尖叫道："快看，爸爸蜕皮了！"我赶紧跑到爸爸身后，只见爸爸的背像一片红色沃野，上面的表皮如一层细沙，经风吹日晒，卷曲起来。姐姐问爸爸疼不疼，爸爸说："不痛，有点儿痒。"姐姐就开始撕。我胆子更大，但却不敢。只见两个姐姐一人伸出一只灵巧的小手，拎着翘起的皮肤，像掀窗帘一样，从两边缓缓往上，揭下一大张皮来，晶莹透明，跟蚕的皮肤一样。后来，爸爸一直夸两个姐姐"心灵手巧"，而那时妈妈还没有回来……我们三个人站在爸爸背后，不停地问是怎么回事，爸爸背对我们简单地说了几句：长江洪水暴涨，木材被冲走，会游泳的人都跳进水里，有人被洪水冲走了……爸爸是很会讲故事的，讲起鲁智深三拳打死镇关西，能讲整整一晚上，可说起跳进洪水抢救国家财产的英雄事迹来，却三言两语，支支吾吾，好像这么简单的事，很难说清楚。我当时并不知道这是为什么，也不去想，就觉得爸爸是个英雄，为了建设南京长江大桥，付出巨大的努力。

爸爸的努力并没有白费，终于有一天，我和小海骑自行车登上南京长江大桥。那是个春天的晚上，整个大桥灯火辉煌，三面红旗深入星空，珍珠色的流云匆匆掠过。我们凭栏远望，江水茫茫，从混沌的天际涌来，江天一色。一艘灯火通明的客轮挂着彩旗从天边徐徐漂来，越来越近，近在眼前，从大桥底下穿过。我们迎着扑面而来的江风，凝视着江枫渔火，无限遐想与美梦随风散开……那个晚上，我们感动得一句话也说不出来。

三十六

前面说的事情，年代已经模糊——童年的经历是并存的，没有时间先后，如果我硬说这件事是六岁时发生的，那个朋友是在八岁半认识的，那一定是在编故事，但有一件大事我记得很清楚，我想所有中国人都不会忘记，那件事石破惊天，发生在1976年9月9日。

那个秋天的下午，院子里落叶缤纷，化工厂的烟囱还在喷吐着浓烟，空气愁惨。一只蟋蟀在墙角发出奇异的叫声——通常这种鸣叫只出现在深夜或凌晨，我觉得奇怪，就站在旁边细听，并判断出它的准确位置，就在阿申家后门口的阴沟旁边，三块大青石中间的那一块下面。石头的边缘长着一层青苔，旁边是一片空地，地上有几片卷曲的棕红色的梧桐树叶……这样的蟋蟀最好逮，只要将石头轻轻掀开，它就会立刻蹦到空地上，而另一面靠墙。我胜券在握，不紧不慢地蹲下来，稳稳当当地把石头掀开，那块青石很沉，上面长满青苔……而正在此时，就听见爸爸大声叫喊："弟弟，快回来！"——平时总是奶奶在傍晚时喊我："弟弟——弟弟……"我听惯了，有时听见了也假装没听见；而这一次是爸爸在下午三四点钟，就这样突然大声叫喊，并站在窗口望着我，一定是出事了，我吓得手一抖，刚刚掀开的青石一下滑落——我看见了一只又大又红的奇异的蟋蟀，浑身油亮，放着红光，翅膀下面有一颗红铃籽，大头浑圆，全须全尾，双腿粗壮，刚一出现就露出冲锋陷阵的架势，若能逮着，它一定能成为这个秋天的霸王……可是爸爸一声大喊，手里的大青石滑落，正砸在这只蟋蟀身上，再扒开石头，它已成肉浆，那一幕惨状我印象很深，挥之不去。

回到家里，屋里幽暗，窗帘在秋风中颤抖。爸爸神情严峻。妈妈和姐姐都不在家，奶奶在小房间。爸爸让我坐在大房间他书桌前的那张大藤椅上，我从来没享受过这种待遇。"来，你坐下来，"爸爸说，"别再跑出去了，我们一起听——"，于是，我听见收音机里发出低缓沉重的声音："中——央——人——民——广——播——电——台——现在有重要广播……"广播员刚一开口，只听爸爸轻声说："不得了，不得了……"而后我们便听见："毛——泽——东——同——志——永——垂——不——朽！"

爸爸忙着去小房间通知奶奶，给我感觉是我们已进入战争状态。我看着窗外的天，梧桐树上的灰云凝固不动了，空气静止，仿佛时间也不再流逝。一切都被惊呆了，树上的鸟，天边的云，地上的落叶，烟尘中的六幢黄墙蓝瓦的小楼……我和整个大钟新村一样，堕入一片恍惚之中：一切都还和从前一样，但一切都变了！

第二天一早，我去找小海一起上学，小海出现在沙门后面，神秘地看了我一眼。“我们怎么办？”我上来就问。一向很有主意的小海这会儿也慌了神：“怎么办？你说……”一路上，我们很少说话，不时地抬头看看天，天高云淡，秋风吹拂着白云、落叶，一切都那么轻柔和缓，可我们分明感觉到，天地山川都在隐隐震颤，眼前就要山崩地裂……

到了学校，见每个老师都穿着白衬衫，臂上带着黑纱，眼睛哭得红红的，见谁都不说话，就连班主任见到我们，也像不认识一样。我们觉得好奇怪，也不敢问，更不知道即将发生什么。班主任程老师把我叫到办公室，给我看一篇稿子，是追悼会上的发言，上面是程老师的字体，墨迹一摊摊化开；再看程老师的眼睛，像两只红红的水蜜桃。我不敢正视，只敢把目光盯着那几页稿纸。程老师说：“明天学校开追悼会，我们年级要选一个人发言，你先试着念一念这篇稿子。”我拿起稿子就念，这时，别的教师都放下手里的事情，围过来听，并注视着我的表情。我并不紧张，但很麻木，不知是怎么回事，更不知应该如何表达对伟大领袖的感情。三四页的稿子很快念完了，旁边的老师都不说话，只是面面相觑。我面无表情，他们的脸上也没有任何表情。我的头脑和心里都一片空白，白晃晃的，有蝴蝶在眼前乱飞……后来他们没有让我上台发言，而找了另一个女生牧蕊；牧蕊一上台，我就知道老师们为什么不让我去发言了——

那是第一场追悼会，学校在一个工厂借了一座大礼堂，全校师生坐在排列整齐的长条木凳上，四周都是没有涂石灰的水泥墙。会场潮湿阴冷，台上搁着一幅巨大的毛主席像，上面扎着一朵黑花，黑布挂在两旁，四周簇拥着十几个花圈，那是全校师生连夜赶做的……牧蕊一上台便泣不成声，我们都愣住了，大约有十多分钟，她站在麦克风前，只流泪，不说话，一次次想开口，但喉咙哽咽着。最后，她还是带着哭腔，含混不清地念完了稿子。那稿子我念过一篇，又听牧蕊念了一篇，却完全不知道是什么意思。那些日子，我的脑海中一片空白，空中翻飞着阳光、落叶……1976年的秋天，连蟋蟀的叫声也异乎寻常。

那年秋天的每一个角落都回荡着哀乐。学校的课程全部停止，都改成了追悼会，而当时全国唯一的电视台中央电视台也只有一个节目：一遍遍重播党和国家领导人举行追悼会的场面。那时，整个院子里只有两三户人家有电视机，对面的林阿姨家有一台自己装的5英寸的小电视，荧屏是圆的，当中有绿色的长方形图像，上面闪着雪花。林阿姨家大门敞开，晚上我过去看电视时，见许多陌生人都悄悄走进他们家里，站在人群里看电视。房间里挤满了人，荧屏上的图像看不清楚，但可以清楚地听见哀乐，一些人掏出手绢，在黑暗中默默擦眼泪，屋里不时地传出抽泣声，与电视机里的哭声、哀乐连成一片。那年秋天，全中国就在流泪。

秋天的鼓楼广场站满了一望无际的人群，那天全南京市的人都聚集在这里开追悼大会。整个会场都是白衬衫、蓝裤子，天地山川都安静下来，天空连一只鸟也不敢飞。我们大钟亭小学的队伍排到了保泰街，离广场近一站地。我踮着脚，只能看见黑压压的人头和白晃晃的衬衫；再回头一看，每个孩子都像我一样，胸前佩戴着红领巾；路边是一排高大的青松，树荫投在人群里。那天天不热，或者说感觉不出冷热，省市领导的声音远远传过来，挂在树上的喇叭嗡嗡作响，好像不是人而是树在说话，说什么，谁也听不清，但一声“默哀”，黑压压的人群都低下了头，红领巾还在胸前飘拂，不知过了多久，抬起头来，听见喇叭里传来哭声，那声音红红绿绿的，在眼前晃动。这时，队伍里有人昏倒，被抬出去；又一个人昏倒了，我一看是牧蕊，她被人抬着从我眼前经过，脸色雪白，嘴唇乌紫，牙齿咬得“咯咯”直响。我想伸手去托住她，可手臂软绵绵的，怎么也抬不起来，接着就感觉身体轻飘飘的，像踩着一朵云，大地开始摇晃，松树的影子颜色变深，胸前的红领巾飘着飘着就不见了……眼前一黑，就什么也不知道了。等我再睁开眼睛，已经坐在一棵松树下，旁边躺着牧蕊和其他几个同学，每个人手里都拿着一只小玻璃瓶，里面装着棕色的药水。“来，醒一醒，喝一口十滴水[①]。”我听出这是程老师的声音，好像从很远的地方传来……

① 十滴水，一种常用的消热解暑的药水。

没有人知道那天的追悼会究竟有多少人昏倒，但我肯定那天天不热，也不闷，秋天的阳光和微风都很轻柔，可那么多人却实实在在地昏倒了，连同我这个十三岁的孩子。

三十七

毛泽东活着的时候，好像他与生俱来，散布在阳光和空气中；他死后，人们突然发现生活中缺少了什么，是什么很难说清，但显然最重要的是，它在与不在，生活截然不同。我十三岁那年，对此便深有感触：秋风还在吹拂，蟋蟀还在鸣叫，但空气中确实少了什么，这种空缺与日俱增，人们的生活和思想从此发生了根本转变。而这种转变缓缓来临，持续至今，并在不断地深入、加速。如日后诗云：

一切的速度都带上了箭头，
如丘比特的金箭，少女的红缨枪，
让感受的一切都生风生雨，
如盲眼的老人长出孩子的眼睛——
这世界会因此而复明吗？就凭你
在废墟中拾拣着完整的日月和爱情……

但这一切都是后来发生的事情。而当初，在唐山地震和北京、天津发生地震之后，南京也人心惶惶(正是在1976年夏秋之交，毛泽东去世前后)，家家户户都搭起了防震棚，木棚用竹竿或树枝支撑，上面盖着倾斜的屋顶，屋顶上盖着油毛毡或石棉瓦，而我们家没有这些，只在顶上盖了一块塑料布。我们院子里只有那位苏联老太太刘妮娜一家没有搭防震棚，只有他们一家还照常天天住在家里，人们都说“他们不想活了”，可我看他们活得挺从容：刘妮娜依然穿着高跟鞋和花短裙，挺着高高的胸脯进进出出，她的两个孩子莎莎和维加依然穿着花衣裳，只是脸上不见笑容，见谁都想躲着似的。像其他人家一样，我们家也住进了室外的防震棚，幸亏是秋天，否则奶奶的哮喘病又要犯了，但即便如此，奶奶也得整天坐在煤炉旁边，一边做饭，一边烤火。有一天夜里，一场大暴雨突然来临，我被风雨声吵醒，见头顶的塑料布像一只透明的水葫芦垂挂下来，我正觉得好玩，突然塑料布坍塌，“水葫芦”顷刻间坠落下来，全家人的棉被彻底遭殃。就这样淋了一夜雨，那些棉被一个秋天也没有干透。

天凉下来，大家都搬了回去，但坛坛罐罐七零八落，许多东西都找不到了。那年秋天，全南京市买不到一块饼干，大家都抢购干粮，防震过冬。一些人已开始商量着搬家，说北京西路正在盖新房子，爸爸、妈妈也在其中。——连我们也要搬家？我把这件事告诉小海，小海说他们家也要搬走，而且是头一批。说到这里，我们同时感到一阵揪心的苦楚。的确，无论是口腔医院的高楼，还是化工厂的烟雾，都不至于让我们离开故园，离开我们出生并成长的大钟新村。“迁居”对我们来说从来是个可怕的字眼，陌生的念头。

夜雨凄清，我和小海站在大钟亭下面躲雨，我们不知怎么地也不知为什么要跑到这里来，起初是躲雨，后来却站到了大雨之中，仰起头望着夜空，淋着秋雨，泪水像雨水一样汹涌，有生以来，我从没有那样痛痛快快地哭过。为什么哭，我也说不清楚，小小年纪，就觉得心里有说不尽的悲哀，说不出的痛。我相信那天小海也大哭一场，可无论我们有多伤心，身后的那只黑沉沉的铜钟还像往常一样，默默悬在暗红的亭子里，我第一次发现，这座伴随我们成长的大钟亭，我们内心深处的唯一寄托，有时竟然是那样的无情无义。

那段日子天天下雨，江南的雨特别容易让人触景生情，而当时又正好读到白居易的长诗《琵琶行》，心中许多感受被一下触动，于是便开始着手写一首长诗《故园情》，不知写了多久，后来又经小海润色加工，到成稿时，我们已经上高中了。

> 迁居前夜，闲阅《琵琶行》，忽忆少时欢乐事，村中美景，而今已荡然无存，不觉黯然神伤，欲仿之作长诗一首，奈何才疏学浅，秃笔难提，只凑得五百余言，歌以咏志，命曰《故园情》。

天顶熠熠星光冷，窗边习习春风寒。
独坐灯下夜读诗，白氏长歌《琵琶行》。
诗中琵琶何凄切，忽忆往事心底泣。
我村正如琵琶女，艳色已衰无人惜。

昔日小村山水间，人曰世外桃花源。
桃李芬芳映黄墙，牵牛花开掩竹篱。
浅水草丛嬉群虾，碧潭深处见游鱼。
西山草木聚百鸟，百鸟晨风齐破晓。
日出小河碧波荡，风吹荷花四处香。
香馨浓郁沁肺腑，春日清晨空气新。
青草坪上幼子戏，灌木丛中少儿语。
柳树荫下钓竿垂，梧桐枝头蝉声急。
蟋蟀声起黄昏临，炊烟袅袅夜风轻。
后山风中树低语，荷潭月下青雾起。
草中石凳道边立，父子相依闲乘日。
待到全村灯光灭，唯见月下满树碧。

而今小村天地变，当日美景化飞烟。
潭水变色游鱼死，树倒山荒百鸟绝。
山变夷原高楼起，河遭填没工厂立。
烟囱似剑刺青天，污水如网侵绿野。

梧桐落叶花凋零，烟中草坪化泥原。
春来草木亦枯黄，冬日白雪盖黑霜。
晴天头顶不见日，夜来户外无月光。
柏油浇上石子路，水泥覆盖青草地。
高高灰墙换竹篱，隆隆机声代蛙啼。
夜来风起村中寂，风中似听小村泣。
几户人家搬离去，去者一去不复回。
新来居者不相识，邻里只当陌生人。
村中小儿屋边行，可怜不知昔日情。
昔日良辰已逝去，何时美景复回归！

我于小村降人间，居今已历十七年。
道旁冬青日日抚，河边榆树常常攀。
秋日山下捉蟋蟀，春来草上扑蜻蜓。
旧梦依稀今何在？唯余村前大钟亭。
时光流逝岁月磨，隐隐钟声渺无迹。
满心痴情谁解得？常忆故园泪沾襟。

现在看来，这首诗已接近新诗了——知了脱壳脱了一半。

你知道，刚脱壳的知了又白又嫩，翅膀湿漉漉的，还不会飞，可过不了多久就闪着金翅，扑棱着飞到树上去了——新诗的出现也是如此。

奇怪，我怎么跟你谈起诗歌来了？让我们还是说说虫子和猫吧。你知道我为什么总跟你说起知了和蟋蟀吗？不仅是因为我喜欢它们，而且由于我始终善待每一只知了，每一只蛐蛐——斗败的蛐蛐我从来不处死，让它们再战，或把它们放回野草丛中。知了在我这里从来就是贵族，我是它们的仆人。可一提到猫我就寒心，实话告诉你，我不止一次地参加过半夜偷袭野猫的行动，虽然心里害怕得发抖，但硬要作出一副残忍的无所谓的样子。这也许是我们那个时代小男孩的普遍特征吧。所以后来我始终不敢养猫，到养猫的人家总是心有余悸，怕哪一只猫突然认出我来。对于猫，我是有罪的，你要是一只猫的话，我现在就向你忏悔……

辛静直起腰，从床上坐起来，伸出两只柔软的手臂，像猫爪一样搭在我肩上——看来她这是要以德报怨，原谅我的一切过错——一种由衷的感激之情像一股暖流，在我心里滚滚涌动……

三十八

我们不断地转移话题，转变说话的地方：有时是场景一会儿一变，有时是她一会儿一变。而我最终发现，变幻莫测的是我的故乡——我在南京寻找南京，寻找旧迹，原以为是在找回逝去的一切，却原来被辛静引入一片新天地：旧日蝴蝶在飞，知了在唱，从前没来得及细看细听，辛静让我坐下来静心观赏；这是一个无人打扰的地方，漂泊的灵魂如春雨回落，“随风潜入夜，润物细无声”，树根上的蚂蚁也能尝出它古老而清新的滋味——虽然有时是苦涩的……

小海告诉我，他上次回来，想在大钟新村拍几张相片，却一张也没拍成，因为整个大钟新村已经没有任何一个角落能找到从前的痕迹，他伤心地走了。我还算比较幸运，在那六幢小楼拆得只剩前三栋时回来过一次，看见杂乱的工地，残破的旧楼和几个熟悉的人影。你知道吗，我见到了小四，他一个人呆呆地站在那里，流着口水——后来有一次打架，他被一个“仇人”一青石砸在嘴上，掉了四颗门牙。他一见我就认出来，客气地说：

“来玩。”我好心酸，毕竟小四曾是我心目中的英雄，曾是那样的聪明、健壮、勇敢，但是那天，他的眼睛里已没有一丝昔日的光彩……当时，他们家的平房还在，房顶修修补补，一些瓦片都碎了，颜色也不一样了，白墙已被熏黑，上面还粘着一些黄土……

很多事情我都忘了告诉你，说起童年，只能是挂一漏万，不过能把这个一挂在你身上我就心满意足了……

“你现在讲到哪儿了？”

从前毛刷刷给我们讲故事的时候我们也经常这么问，我还记得当时的情景：夏日的晚上，满天星星，我们盘着腿坐在梁忆昂家的竹床上，梁忆昂家的竹床是红色的，据说有两百多年了，许多汗流在上面，加上日晒雨淋和身体接触，床就变红了。这是毛刷刷说的，他见什么就说什么，一说就是一段历史故事。有时候，我们听得高兴，就躺在竹床上，头发会被竹床夹住，又疼又痒，我们不在乎。不过在我们躺下之前，毛刷刷总要使唤我们一番：“宝宝，给我倒杯水来！”“洛荣，去给我拿把扇子来！”“弟毛，搬个小凳子来给我跷脚！”我们都很乐意。有一次他叫洛荣去拿扇子，洛荣把扇子和那杆长矛一起拿来了——一把大芭蕉扇别在短裤背后，洛荣双手托着长矛的一端，另一端扛在肩上。毛刷刷笑着走过去，一手拿起长矛，一手拔出扇子，把长矛往地下一插，坐下来慢慢摇着扇子，故事又开场了……讲到月没星稀，快要回去睡觉的时候，我们就问：“故事讲到哪儿了，还有多少？”——那一次，毛刷刷就站起来，指着长矛的矛尖说：“故事是这根长矛，今天刚讲到这儿。”我们都伸着舌头望着那截乌亮的矛尖——下面是黑黑的长矛，上端指着星夜……

现在我就用毛刷刷的这句话来回答你。

三十九

一叶知秋；而要知道南京的冬天，
需要在这座城市住很多年，
在梧桐树下，领略斑驳的阳光
和淅淅沥沥的雨点，
并在光雨中，长久地期盼、爱恋……

南京的冬天，棕红的梧桐树叶，
悬浮枝头，像病人，不肯告别
这个美好世界；鼓楼医院的病人
进进出出，像一串念珠生死未卜，
祈祷声在风中回旋，只有伤心人听见……

伤心人的脚步歪歪斜斜，迎着
纷纷扬扬的梧桐树——进出医院，
你的一生，如树叶飘落的

瞬间，从枝头到地面，
纷乱的梦想惊扰了冬天。

这是我刚回南京时在医院里写的，我当时的心情就是这样冰凉，不过现在解冻了，多亏了你。我怎么感谢你呢？

说到这里，天快要亮了，辛静还穿着白大褂坐在对面的办公桌前，和我第一次跟她说话时一样。墙上的“静”字，也比从前更静了，正像一位诗人所说：

这宁静吸饱了阳光，
像沼泽一样金黄……

这会儿，我们正从沼泽地里走出来，迎着初春的晨光；医院的玻璃窗像一扇粉红色的大翅膀，轻轻扇动着……爸爸、妈妈的病情逐渐好转，今天就要出院了。

前面说到，我对一些成语有意见，如“金蝉脱壳”“作茧自缚”；但其实另有一些成语，我是非常珍爱的，比如“一叶知秋”“妙手回春”……

春天到了，这是真正的春天，而那只妙手你始终看不见。我把父母病情的好转归功于辛静，她的妙处需要静心体会才能发现。我相信不仅是我，爸爸、妈妈也从日常生活中体会到了。辛静的身影进进出出，唤起多少病人潜在的生命，无人知晓。

当我推着轮椅护送妈妈出院，两个姐姐扶着爸爸跟在后面，我真切地感觉到江南春光正从身后照过来，周身的血液变得清澈、温暖，有如解冻的春水……之所以如此，还有一个更重要的原因，就是辛静正穿着白大褂，站在医院门口向我们挥手。

妈妈的白发被春风吹乱，就像从前奶奶的白发一样，而奶奶已经去世。有一天，辛静的头发也会是这样吗？

四十

天突然暗下来，暗绿的村落落在另一个地方——大钟亭原先的住户现在大多住在北京西路2号新村，这里的树木已经长得像从前一样茂盛，绿荫重重叠叠，混合着年复一年的微风细雨。春光流云，云中的岁月从绿树和房屋之间穿过，新楼又变成了旧楼，水泥墙上映着斑斑雨迹，墙角又生出墨绿的青苔，姐姐的窗口已覆盖着浓密的爬山虎……而今，这里已变成了一座名副其实的老人村，从前的红卫兵和红小兵都已远走他乡，偶尔回来，大多是因为父母病危住院或去世。有时也把孩子送回家里，让爷爷、奶奶带几年……

灰云从树间穿过。每天下午，绿荫下的老人排着队在院子里"哗哗"散步，就像当年行军去溧阳农场，只是大家的心境更为豁达、开朗——从脸上的微笑就可以看出 。每一张苍老的面孔都那么熟悉、亲切，这些老人都是看着我们长大的，可如今走在他们中间却不敢相认，我甚至没法打招呼，毕竟二十多年过去了，许多话从何说起？不说话就只能低着头，擦肩而过，心里的滋味也并不好受。

细密的春雨落在新绿的梧桐树叶上，只有细心人能够发现。窗外的柏油马路渐渐湿了，屋里幽暗，爸爸、妈妈还躺在床上，病情日渐好转。两个姐姐已经走了，我也即将返回北京。临行前还要做的一件事，就是去南京大学校医务室报销父母的医疗费。南大校医务室我们再熟悉不过了，从小就在这里看病，还是老地方，甚至可以见到二十多年前的老医生，他们除了头发全白了，其他一点儿没变，说话的语音语调都还和从前完全一样，但他们已经认不出我了。狭小的窗口排着长队，队伍从走廊排到门外，一群老人撑着伞，驼着背，站到雨中，手里捏着医疗证和一叠叠医院账单。我排在最后，一眼就认出站在我前面的正是小海的父亲，他与父亲同龄，今年也该是七十七岁了。看样子他没有认出我，我犹豫再三，不知该不该开口，如何开口，最后我什么也没有说，只是看着他消瘦的脸上黑黑的老人斑，和沾在白发上的细密的雨珠……

我们这一代人如今都到哪里去了？为了什么抛下故园、父母，为了什么背井离乡，一去不复返？为了什么……忽想起《红楼梦》中的诗句：

一帆风雨路三千，

把骨肉家园，齐来抛闪！

辛静，我还有很多话想对你说……

四十一

说到这里，大钟亭的故事刚讲到一半，后半部很短，但占了一半，因为它是另一种声音、另一种色调——我现在知道为什么爵士乐那么动听，抽象画那样赏心悦目了，因为不和谐（和谐的音色，时间一长，就会令人厌倦）；辛静也是这样，让人心静，也让人心惊肉跳——

当我把这个冬天迷人的故事告诉禹宁，这个“孤魂野鬼”冲我一笑：“哎呀，不好意思，兄弟，这个护士，我两天前已经拿下了。”

“不要乱讲，怎么可能？”

“你不信？她的左胸是不是有颗黑痣？”

我不说话了。

不过禹宁毕竟是多年的老朋友，他说：“不要紧，兄弟，辛静跟我说了，她对你印象特别好，她还说你是她遇到的最优秀的男人……”

“之一？”

“没有之一。不过也不是唯一。你不要伤心，这样最好……不好意思，不过这几天找你一直找不到，没得办法，只好先斩后奏了。不瞒你说，这个护士实在让人有点受不了，这你懂的，我就不讲了。你还记得上次在微雀见过的小燕子了？她吵着闹着要见你呢……”

“好，见就见吧。”我说。

后来我见到了小燕子，再后来燕子飞了，春天到了。我突然发现，我的中世纪刚刚结束，灵魂像燕子一样飞出信仰与旧梦的迷雾，飞进春天。

我的中世纪结束了，还有许多沉迷的往事在那个幽暗的年代若隐若现地飘浮。我还会继续回忆，回到历史的风尘中去发现我的新天新地。在那里，一切都还刚刚开始，如同眼前的大钟亭：紫金色的铜钟悬在暗红的亭子里，历经风雨变迁，依然保持着庄严的沉默，并在沉默中喃喃低语；一年一度，银杏叶在四周飘飞……而眼下它又淋了一场春雨，像一个历尽沧桑的老人，脸上挂满幸福的泪滴。